misteriosos correos del amor a llevar sus misivas de una a otra parte. Cuando Ajonay se convenció de que su amor era correspondido por la bella princesa, su alegría no reconoció límites y su anhelo se dispersó a su alrededor, como aquellas aguas azules que tampoco ostentaban aparentes fronteras. Como su padre el mencey le tuviera igualmente prohibido viajar con tan relativa como peligrosa frecuencia a la vecina Gomera, el joven tomó la inaudita y valiente decisión de hacer a nado todas las noches, [...] Al oscurecer, desde la playa tinerfeña, alejado de indiscretas miradas, aproximábase Ajonay, que había permanecido largo rato oculto tras una roca del vecino acantilado, esperando ansiosamente el momento oportuno, con el corazón latiéndole fuertemente en el pecho, a la orilla y poco a poco, furtivamente, silenciosamente, se introducía en el agua y comenzaba a nadar. [...] Lo irremediable sucedió y algún día, sin que sepamos cómo ni porqué, estas nocturnas entrevistas fueron descubiertas y el rey, puesto sobre aviso, al percatarse del ciego y apasionado enamoramiento de su hija, ordenó a sus servidores que procuraran sorprenderles y apresar al joven para hacer con él ejemplar escarmiento. Fue así como una noche, después de haber llegado el nadador solitario y tras haberse reconfortado generosamente con el turrón de miel de los labios de su amada, fueron sorprendidos por un grupo de servidores del rey, que trataron de apoderarse de ellos, intimando al joven a la rendición. Pero por algo Ajonay era hijo de un noble mencey y por lo tanto príncipe, así como Gara lo era también. Jóvenes, resueltos, enamorados... ¿Qué más condiciones se pueden pretender para incitar a una pareja semejante a la resistencia y a la lucha por su amor? Agiles como liebres, amparados por las sombras de la noche y siendo ella una experta conocedora del terreno, corrieron nuestros jóvenes a ocultarse entre los árboles de un bosque vecino, logrando de momento burlar así a sus perseguidores. No era cosa de quedarse allí esperando un amanecer som- brío que les traería el cerco inevitable, por lo que Gara sugirió a Ajonay huir hacia el interior para ocultarse en alguna cueva de las muchas que por aquellas elevadas montañas había, con objeto de aguardar una mejor coyuntura para que el joven pudiera regresar a su isla tinerfeña. Siguióla Ajonay con paso presuroso y muy pronto los frescos y cómodos senderos de la costa se fueron empinando y retorciendo, sacándoles el calor a la cara y la fatiga a los ojos del alma, embargados por el temor de ser aprehendidos por los que, a no dudar, no tardarían en ir en su seguimiento. Así fue, en efecto. Los implacables perseguidores, siguiendo sin dificultad sus huellas, les seguían los pasos tan de cerca que se podían escuchar sus amenazadoras y jadeantes respira- ciones. Rayaba ya el amanecer cuando Gara y Ajonay coronaban fatigosamente la cima de una de las más altas de aquellas montañas. Infructuosamente habían intentado hacer desistir a sus seguidores de tan obstinada persecución, arrojándoles piedras e intentado despistarles en su camino, mas sin obtener ningún resultado. Ajonay iba armado con una espada de tea, señal de dignidad real, que siempre llevaba consigo sujeta a la cintura, y aunque era hombre de probado y bien calificado valor, poco podía hacer frente al grupo de hombres que les perseguía. El cerco se estrechaba.[...] Próximos a ellos, los servidores del rey se acercaban peligrosamente. Así que hubieron llegado al borde del precipicio, escalaron los dos enamorados una pequeña meseta que tras ellos quedaba, desde la que Ajonay intentó hacerse fuerte por última vez. Mientras tanto, Gara se dirijía ora en tono amenazador, ora en tono suplicante, a aquellos hombres vasallos de su padre exigiéndoles que desistieran de la prisión del joven y que la condujeran solamente a ella a presencia del rey, dispuesta a cumplir el rigor que a su castigo pusieran por el delito de amar a Ajonay. No quisieron de ningún modo escucharle, [...] Sabía Gara que si el joven era hecho prisionero sería condenado a muerte, pues conocía las leyes de su pueblo y la crueldad y severidad de su progenitor, aún más airado por las reiteradas y numerosas reconvenciones de que le había hecho objeto sin resultado. [...] Era preciso tomar una decisión, por lo que el joven Ajonay insinuó a Gara: Gara, amada mía, la situación es irremediable. Pronto estaremos en manos de los sicarios de tu padre. Sé que mi vida no será perdonada y temo por la tuya. Así, pues, entrégate tú para no excitar más aún su encono y yo me arrojaré al precipicio. -No, mi querido Ajonay. Nada ni nadie me podrá separar de ti. Si tú has de morir, contigo quiero morir también, pues para mí la vida ningún valor tendría si tú me llegaras a faltar. Luchemos y opongámonos a nuestros perseguidores o lancémonos juntos al abismo. -¡Gran locura ésa, bella Gara! No debes sacrificarse así, y si cierto es que tanto me quieres, conserva tu vida para vivirla como perenne testimonio de nuestro amor. -Me sería imposible hacerlo, Ajonay mío. Tú amor se ha enseñoreado de mi espíritu y de toda mi existencia y si tú te vas a las regiones del Gran Acorán, yo estaré a tu lado y ésa será la mejor forma de testimoniar al mundo el amor que te tengo. Ante este razonamiento, Ajonay decidió hacer frente a sus perseguidores, replegándose lentamente hasta que llegaron al borde mismo del precipicio. Entonces surge el motivo fundamental de la leyenda. Ajonay tomó su espada de tea, que partió longitudinalmente en dos partes, y apoyando la parte puntiaguda de una de ellas en su pecho y la otra en el de Gara, se enlazaron ambos enamorados en tan estrecho y frenético abrazo que la espada partida, traspasándoles, les hirió de muerte y así, firmemente abrazados, cayeron al abismo, desriscándose,[...]"

(Nuevas leyendas guanches, "la leyenda de Gara y Ajonay". Don José Manuel García y García de la Torre. 1970)

Capítulo 1: El Eco de una Profecía

En la isla de La Gomera, donde el viento canta entre los árboles y las montañas se alzan como guardianes silenciosos, Gara creció al amparo de su padre, el Mencey Añaterve. Educada en las antiguas tradiciones y rodeada de la majestuosa belleza de su tierra, llevaba en su ser el legado de un pueblo fuerte y noble.

Gara, desde su infancia, había sido instruida en los misterios de la naturaleza y la sabiduría de los ancestros. Su padre siempre supo que ella era especial, marcada por los signos y presagios que acompañaron su nacimiento durante la alineación de los astros, un evento que solo ocurría una vez cada siete generaciones.

Un día ambos salen a pasear al norte del poblado, un sendero se extendía a lo lejos y serpentea la montaña que tienen delante. Suben la montaña y se sientan en su pico, admirando la puesta de sol.

"Hija mía, eres la luz que ilumina nuestros cielos, pero debes ser cauta. Hay secretos en esta isla que son más grandes que nosotros, haz caso de todo lo que te dicte Gerián" le advertía con voz grave.

Gara, con su espíritu libre y curioso, respondía: "Es aburrido, no me deja hacer nada"

En tono burletero le responde: "Hasta el viento sabe que hasta el Valle del Gran Rey has ido, no me tomes por un viejo senil"

Gara se sonroja al darse cuenta de que su padre está al tanto de sus tropelías.

"Debes ser cauta, Gara. Más allá de este cantón existen otros y no sabemos las intenciones que puedan tener con una muchacha hurgando en sus montañas"

Gara, atrapada entre la vergüenza y una chispa de rebeldía, baja la mirada hacia el suelo, contemplando las piedras que son, de pronto, testigos silenciosos de su desobediencia.

"Tú siempre me dices que un día guiaré a nuestra comunidad, ¿cómo podré hacerlo si no puedo entender lo que nos rodea?"

"Gerián te lo mostrara. Todo a su debido tiempo. Ahora volvamos con los demás antes de que nos caiga la noche encima."

Conforme pasa el tiempo, se hacía evidente que Gara poseía una conexión innata con la tierra. Las plantas florecían con su tacto, y los animales parecían entender su voz. Sin embargo, esta comunión con la vida de la isla no era el único don que había heredado. Una profecía colgaba sobre su destino, un secreto que su padre guardaba con gran pesar.

El misterio que rodeaba la vida de Gara se originó en las palabras de los guadameñes, los sabios de la isla. Habían advertido que, aunque Gara sería la luz de La Gomera, su corazón traería consigo una unión prohibida que despertaría la "maldición de los amantes entre islas", una maldición que había permanecido dormida, esperando ser liberada por el latido de dos corazones enamorados.

Los guadameñes, en su sabiduría, no revelaron todos los detalles de la profecía, manteniendo en secreto la verdadera naturaleza de la maldición. Temían que, si la verdad completa se conocía, podría desencadenar los eventos que todos deseaban evitar. Así, el Mencey Añaterve, a pesar de su amor por su hija, mantuvo una vigilancia constante sobre ella, esperando protegerla de un destino incierto.

La vida de Gara transcurrió entre el aprendizaje de las artes curativas y las tradiciones de su gente. Se convirtió en la curandera más respetada de la isla, con una habilidad innata para sanar tanto el cuerpo como el alma. Pero en las noches, cuando la isla dormía y las estrellas brillaban con fuerza en el firmamento, Gara soñaba con sombras y ecos de risas y llantos entrelazados, presagios de un amor que cambiaría su mundo.

En sus sueños, veía a un joven, alto y fuerte, con los ojos llenos de un fuego abrasador que no temía al destino. En esos sueños, ella se sentía completa, como si la parte de su ser que siempre había estado ausente finalmente se encontrara. Despertaba con el corazón palpitante, una sensación de pérdida inundando su alma al no encontrar a su lado al hombre de sus visiones nocturnas.

Los años pasaron, y la fama de Gara creció. Su nombre se susurraba con reverencia no solo en La Gomera, sino también en la isla vecina. Historias de su belleza y gracia cruzaron el mar, llegando a oídos de Jonay, el hijo de Betzenuriga, Mencey de Tenerife. Atraído por estos relatos, que contaban los hombres en la hoguera sobre una belleza sin par en la isla hermana, sintió un impulso irrefrenable de conocer a la mujer que habitaba sus propios sueños, pues él también había soñado con una muchacha de ojos como el amanecer y una sonrisa perlada.

"Padre, hay una mujer en mis sueños, una mujer de aquella isla que parece llamarme con el alisio de vuelta. Debo ir a ella." Confesó Jonay.

"Mantén tu corazón fuerte, hijo. La Gomera es impredecible, al igual que los designios del destino." aconsejó su padre, mientras se alejaba dejando a Jonay perplejo mirando la sombra de la isla vecina. "Por cierto hijo..."

Jonay le responde sin apartar la mirada del mar.

"No creo que seas buena influencia para esa muchacha, no serás un buen padre"

Jonay asustado le miró: "¿Por qué dice eso, padre?"

Con sonrisa socarrona le dijo el mencey: "No te queda a tu lado ni una sola cabra de todas las que trajimos"

Jonay mira a todas partes sin creerse que había perdido toda noción del espacio y del tiempo, las cabras iban subiendo el risco en dirección contraria al poblado, tras ir tras ellas dejaba atrás la carcajada incontenible de su padre.

Mientras tanto el destino, que teje sus hilos con la paciencia del tiempo, preparó el escenario para su encuentro. Se acercaba el Beñesmen, la festividad de la cosecha, donde el poblado de Teno, en Tenerife, y de Agulo, en la Gomera, se unirían para celebrar la abundancia de la tierra. Jonay sabía que esta sería su oportunidad para cruzar el mar y finalmente encontrarse con la mujer que, sin saberlo, ya poseía su corazón. Con esmero fabricaba una suerte de flotador con la piel de una cabra, como el resto de los hombres que se embarcarían en este viaje.

Mientras tanto, Gara junto con otras harimaguadas echaron a andar desde antes que el sol asomara por el horizonte para acercarse curiosas a los chorros de Epina, unos misteriosos chorros ubicados en el cantón vecino de Agana. Estas aguas tenían el poder de predecir si alguien encontrará el amor de su vida. Mientras se mantuvieran calmas el amor verdadero llegaría a su vida, mientras que si se revolvían indicaban un claro signo de desamor. Entre risas y murmullos, avanzaban por los senderos que serpenteaban a través de la espesura de los montes de Agana, el alba comenzaba a despuntar, pintando de dorado los contornos de las montañas. Aregoma, con una sonrisa pícara dibujada en su rostro, lanzó una mirada juguetona a Gara.

"¿Y bien, Gara? ¿Preparada para que los chorros te revelen que tu gran amor será el silencio de las montañas?"

Gara, incapaz de resistirse al juego, respondió con un fingido aire de dignidad.

"Quizás me revelen que mi destino es evitar a las envidiosas que no soportan la idea de que alguien reciba buenas nuevas."

Su respuesta fue tan rápida y su interpretación tan sobreactuada que desató una ola de carcajadas en el grupo.

Chijeré, lista para echar leña al fuego intervino.

"Ríanse ahora, menos se reirán cuando los chorros me muestren un torbellino de pasiones que ni siquiera los dioses podrán calmar".

Su presuntuoso deseo provocó empujones juguetones y más risas.

Aregoma, que es la más sufrida de las tres en temas amorosos, suspira.

"De mí, estoy segura de que solo confirmarán mi futuro como anciana del pueblo, rodeada de nada más que de recuerdos y lagartos."

Se hizo un silencio hasta que lo rompió Chijeré.

"Y si los lagartos te abandonan siempre puedes unirte con Gerián y ser una harimaguada ermitaña"

Aregoma finge un desmayo provocando otra oleada de carcajadas.

A medida que se acercaban a su destino, el ambiente se cargaba de una expectación burlesca. Cada una, a su manera, fantaseaba con lo que las aguas podrían revelar.

Al llegar al lugar, Gerián les esperaba, sin mediar palabra les señaló la fuente y así las muchachas iban probando suerte hasta llegar el turno de Gara. El agua se mantuvo tan serena que parecía no ser real. Sin embargo, de un momento a otro, comenzó a enturbiarse y agitarse hasta sustituir su rostro con un sol incendiario. Gara, asustada busca la mirada del sabio que le dice: "Lo que ha de suceder, sucederá. Huye del fuego, Gara, o el fuego te consumirá".

El camino de vuelta no fue tan divertido como el de ida, todas habían tenido buenos presagios, pero la pobre muchacha del mencey, por la que todos suspiraban, parecía no acompañarle la fortuna. Consolada por sus amigas, no quería soltar palabra, sin saber muy bien qué pensar de las palabras que le dio el anciano.

Casi llegando al lugar de celebración oyen los sonidos de los bucios resonando a lo lejos, lo que avisaba que los invitados de Tenerife ya habían llegado. Se miraron entre ellas y aceleraron el paso.

Al volver las chicas del valle, ya habían empezado los festejos. La festividad del Beñesmen se celebraba al aparecer la octava luna menguante del año en una zona no muy lejos de la costa de Tamargada. El calor estaba presente pero las noches eran frescas, momento donde aprovechaban para festejar. Era una explosión de colores, sonidos y aromas. Músicos tocaban tambores y pitorreras, mientras los danzantes giraban en círculos al ritmo de la música, sus pies levantando polvo en un torbellino de alegría. Los agricultores exhibían sus cosechas, y los artesanos sus mejores trabajos.

Gara, ataviada con un vestido ligero de fibras de palma que acentuaba su belleza terrenal, se movía entre la multitud, repartiendo sonrisas y bendiciones. Cuando sus ojos se encontraron con los de Jonay, el tiempo pareció detenerse. Era como si cada sueño compartido, cada visión nocturna, cobrara vida en ese instante. El mundo a su alrededor se desvaneció, dejándolos solos en un universo donde solo existían ellos dos.

"¿Eres tú la mujer de mis sueños?" preguntó Jonay, su voz temblorosa.

"Y tú, ¿eres el hombre que ha visitado mis noches?" respondió Gara, su corazón latiendo con una fuerza desconocida.

Una mano con la otra, un cruce de miradas directo a lo más profundo de sus seres, pupila contra pupila, el sudor frio aflorando en sus cuerpos, su respiración sincronizada con la del otro, un beso robado...el detonante de la locura. Decir que el tiempo se detuvo es poco.

Se ocultaron de las miradas ajenas, las fuertes manos de Jonay agarraban su cintura, mientras las de ella, suaves como plumas, su rostro. El calor irradiante de sus cuerpos abrasando cuanto había. En aquel momento, a Gara le desaparecieron las penas de aquel encuentro con los chorros, no quedaba mundo ni dioses a los que temer fuera de aquel momento y lugar donde yacía con Jonay.

Los días siguientes estuvieron llenos de encuentros robados y conversaciones susurradas. Gara y Jonay compartieron sus sueños, sus esperanzas y sus miedos. En la playa al este de Agulo, solitaria, bajo la luz de la luna, se prometieron amor eterno, sellando su destino con cada palabra, cada caricia:

"Pase lo que pase, siempre te llevaré en mi corazón," susurró Jonay bajo la luz de la luna.

"Y yo en el mío. Nuestro amor desafiará el destino," contestó Gara, sellando su promesa con un beso.

Pero el destino que tanto ansiaba conocer Gara por fin entró en escena.

En medio de una noche de luna roja, surgió una enorme calamidad: el gran Echeyde entraba en erupción. Su rugido ensordeció toda celebración, una enorme columna de humo y ceniza alcanzo los cielos ante las miradas atónitas de ambas tribus allí reunidas.

Los enamorados estaban en su ya playa particular, lejos de miradas ajenas cuando la ira del dios del fuego se abrió camino entre la montaña de la isla vecina. Agarrándose de las manos, sabiendo lo que eso significaba, contemplaron el espectáculo.

"¿Esto lo hemos hecho nosotros? ¿Un castigo por nuestro amor?" preguntó Gara, mirando al cielo en llamas.

Jonay, con una mirada firme, respondió: "No hay dios capaz de tal maldad. Nuestro dios Guayota, reclama a sus hijos de vuelta. Alguien como tú -le dijo mientras acariciaba su rostro- no podría enfurecer de tal manera a alguien como él."

Mientras, al otro lado, los menceyes se miraron desconsolados preguntándose por qué sus dioses se habrían enfadado con ellos. Las noticias del amor de Gara y Jonay no tardó en llegar a oídos de ambos gobernantes. El Mencey Añaterve, temiendo la profecía y la ira de los dioses, ordenó a Gara volver a la seguridad de su hogar. Jonay, consciente de la tragedia que se cernía sobre su propio pueblo, partió de regreso a Tenerife junto a su padre y los demás, con el corazón roto, pero con la promesa de calmar la ira de Guayota para volver a estar juntos.

Sin embargo, la revelación de su amor y la erupción llevaron a sus padres a tomar medidas drásticas. Añaterve, temiendo las consecuencias de la profecía, confrontó a Gara.

"Hija, debes alejarte de él. Lo que está escrito no puede desafiarse," dijo Añaterve, su voz llena de una mezcla de temor y autoridad.

"¿De qué hablas, padre? Gerián nunca me dijo que estuviera escrito que no pudiera enamorarme. Y aunque así fuera, y ahora que le he encontrado ¿Cómo puedo vivir sabiendo que él es mi verdadero amor?" replicó Gara, las lágrimas brillando en sus ojos.

El viejo mencey le aguantó la mirada, pero no tenía palabras para responderle, por lo que, sin mediar palabra, abandonó abruptamente la cueva.

En Tenerife, Betzenuriga se enfrentó a Jonay con igual severidad. "Hijo, acude con hombres a ver a nuestros hermanos del sur, comprueba que sus ganados y sus tierras no estén dañados por la ira de Guayota. El destino de nuestra gente está en juego."

"Padre, tengo que..."

"¡NO VOLVERÁS A VER A ESA MUJER! ¿ENTENDIDO?" le interrumpió su padre - "Mira hasta donde nos ha llevado tu egoísmo. Ve a ver a esas gentes del sur y vuelve. Tu lugar está en Teno y en Teno te quedarás."

Jonay perplejo no podía si no sentir como su corazón se rompía -"Si, mencey"- Dijo mientras con la cabeza gacha iba camino a cumplir su orden.

Era un día triste...el sol, se ocultaba tras las montañas melancólico, apagado, casi sin brillo alguno.

2.El papel de Tara

En la soledad de su cueva al pasar de las semanas, Gara se encontró bajo el cuidado de una sirvienta que nunca había visto antes. La mujer, de ojos sabios, piel clara como la leche y voz suave, se presentó como Tara. A medida que pasaban los días, Tara se convirtió en una presencia tranquilizadora en la vida de Gara.

Una tarde, mientras Gara miraba hacia el horizonte desde la cueva, Tara se acercó y, tocando su vientre, le dijo: "Tu unión con Jonay no es solo un acto de juventud, sino un designio de los dioses."

Gara, sorprendida, preguntó: "¿Qué quieres decir?"

Tara, sin despegar la mano de su vientre le miró fijamente.

Gara se sonrojó y acarició su barriga encontrando un rayo de esperanza, sabiendo lo que sus palabras significaban.

Tara, con una mirada llena de conocimiento antiguo, hizo que se sentara y comenzó a contarle una historia:

"Hace mucho tiempo, había ocho islas juntas bajo el mar, en perfecta armonía y unión. Eran amantes, inseparables en su existencia. Pero el dios Magec, celoso de su unión inquebrantable, las separó al elevarse sobre las aguas. Desde entonces, se decretó que las relaciones entre las diferentes islas traerían desdicha, pues desafían el orden impuesto por el gran sol."

Gara, con lágrimas en los ojos, respondió: "Pero nuestro amor... Siento que con Jonay, algo profundo y antiguo se ha despertado en mí."

Tara asintió, diciendo: "Tu amor es una llama que arde a pesar de las olas. Es el calor de un fuego en un hogar, y la ira de un dios desconsolado."

"¿Qué significa esto para nuestro hijo?" preguntó Gara, su mano acariciando su vientre.

"Él será el legado de tu amor, un desafío, una esperanza para un futuro donde las antiguas divisiones se desvanezcan," explicó Tara. "Pero debes ser fuerte, Gara. Los caminos del destino son espesos como la bruma y espinosos como las palmas."

Gara no podía creer lo que escuchaba. Estaba embarazada. El hijo de Jonay crecía dentro de ella, un símbolo viviente de su amor prohibido. Este descubrimiento llenó su corazón de temor y al mismo tiempo, de una determinación inquebrantable. Sabía que debía proteger a su hijo a toda costa, incluso si eso significaba desafiar la voluntad de su padre, los augurios de los guadameñes y a los mismos dioses.

Jonay, en Tenerife, no podía sacar a Gara de su mente. Las frías noches de Teno sin ella eran largas y tortuosas, y el vacío en su pecho se hacía más profundo con cada amanecer. Una de esas noches no podía pegar ojo, no paraba de darle vueltas a aquella erupción fugaz, que le hizo volver prematuramente, cuando mejor estaba con ella. Por ello se armó de valor y, a escondidas, salió de su poblado rumbo a la cima más alta del Echeide, el lugar donde residía el dios Guayota. Le llevaría algo más de un día de camino, así que mientras andaba iba pensando en que excusa ponerle a su padre a su regreso.

El camino era absolutamente agotador, si no por los empinados riscos, por las nieblas que rezumaba el gran monte que se erigía en mitad de la isla. Al llegar a sus faldas, el camino era aún peor, quedaba un buen trecho hasta el pico y se sentía agotado, pero al mirar hacia el mar sintió que le volvían las fuerzas al divisar la isla de su amada en el horizonte. "Solo me queda subir sin mirar atrás" pensó.

Al llegar a la cima se quedó embelesado con los ríos de lava, sus ojos brillaron. El olor a azufre le tupía la nariz, pero ya se había acostumbrado de todo el camino atrás. El rugido de aquella piscina ardiente era ensordecedor, como si fuera el propio aliento de la montaña. Se quedó hipnotizado ante tal escena. Entonces, tras un breve temblor, resonó una voz desde las profundidades del volcán. "Jonay de Teno...al fin acudes a mi llamada. Desde este cielo vi tus actos, te avisé con mi lava. Escucha mis palabras: Eres hijo del fuego, y en el fuego debes estar, si te acercas a la muchacha tu mirada la quemará".

"Oh, Guayota, rey de reyes, te lo imploro: acepta nuestro amor. Déjame ser digno de sus labios, déjame ser el latir de su corazón" Dijo arrodillándose ante él.

"Hijo de mis llamas, alza la mirada, yo no condeno tu amor con la muchacha, yo solo veo el porvenir, los cielos de ella hablan, por ello lloro por ti innumerables ríos de lava" Con esas últimas palabras Guayota se calmó, sollozando aún entre los bufaderos, mientras Jonay desesperado, de Guayota no haciendo caso, se haría a la mar.

Mientras tanto, Gara, fortalecida por el amor que crecía en su vientre y a Jonay, imaginaba su propia huida. Sabía que su única esperanza de vivir libremente con él y su hijo era dejar atrás su hogar y buscar refugio en un lugar donde la profecía no pudiera alcanzarlos.

Una noche, bajo el manto de estrellas que iluminaban tenuemente la cueva, Gara compartió sus temores y planes con Tara. "No puedo quedarme aquí. Mi padre se enterará de mi estado y temo lo que pueda hacer para evitar que la profecía se cumpla," susurró Gara, su voz temblorosa por la ansiedad.

Tara, con la mirada ida y fija en el horizonte, respondió: "Es cierto, Gara. Debes encontrar un camino seguro para ti y para el niño. Pero hay que ser cautas. Los ojos del Mencey están en todas partes."

"Lo sé," dijo Gara, su determinación creciendo dentro de ella. "Pero por mi hijo, por Jonay, debo intentarlo. ¿Me ayudarás, Tara?"

Tara asintió solemnemente. No podía evitar sentir ternura por ella. Por ello, se sentó junto a Gara y guio su cabeza hacia su regazo, mientras le acariciaba suavemente el pelo. "Haré todo lo que esté en mi poder. Pero debemos ser cautelosas y astutas. Planificar tu huida requerirá tiempo y preparación, mi dulce niña."

Con el apoyo de Tara, a Gara le invadió un sentimiento de paz que le había fallado todas estas semanas atrás, eso le hizo que le invadiera el sueño y cayera dormida.

Tara mantiene la mirada fija en el firmamento. Una lágrima recorre su rostro:"Magec, aún tú..."

La noche en que Jonay zarpó hacia La Gomera, a escondidas de su gente, estaba llena de presagios. El viento soplaba en contra, como si quisiera detenerlo, y las olas se alzaban altas, retando su determinación. Pero Jonay, con la imagen de Gara grabada en su corazón, se enfrentó a la furia del mar con una valentía que solo el amor verdadero puede inspirar.

A medida que la mar embravecida lo agitaba peligrosamente en las aguas tempestuosas, Jonay se aferraba a su propósito. Cada brazada lo acercaba más a Gara, y nada, ni siquiera la ira del océano, podía impedirle alcanzarla.

Cada ola rugía como un tibicena al acecho. Los estampidos al romper la ola sobre el mar le hacían titubear por un instante. ¿Qué ser en este mundo no temería la ira del mar? Pero su convicción podía más que su miedo. Sólo pensaba en llegar a tierra firme. Lo había prometido.

Mientras Jonay luchaba contra las olas, Gara se enfrentaba a su propia tormenta.

Gara no podía ocultar sus náuseas y los guadameñes enseguida informaron al mencey de la posibilidad de su embarazo temprano en la mañana, quien, consumido por la preocupación y el miedo a la profecía, decidió encerrarla en un chamizo, excavado en su mayoría bajo tierra y un techo de palma encima, unos kilómetros al suroeste de Agulo, custodiada, lejos de los ojos curiosos y las lenguas chismosas.

La noticia cayó sobre Gara como un jarro de agua fría. "¿Por qué me haces esto, padre? ¿No ves que me encierras en una prisión bajo tierra?" exclamó Gara, su voz quebrada por la desesperación.

Añaterve, con una mirada llena de tristeza, respondió: "Es por tu bien, hija. Las lenguas del pueblo son venenosas, los guadameñes no me dejan opción."

Encerrada, Gara se sentía consumida por la desesperación. Sus pensamientos se volvían constantemente hacia Jonay, preguntándose si alguna vez volverían a verse. Aquel agujero, aunque un refugio, se había convertido en su cárcel.

"No puedo quedarme aquí, atrapada, esperando un destino que no deseo," murmuraba Gara, caminando inquieta. "Debo encontrar una manera de escapar, de reunirme con Jonay y proteger a nuestro hijo."

Pero Gara no era una mujer que aceptara su destino sin luchar. En su cabeza surgieron mil planes, ya estaba decidido.

Esa noche, aprovechando la distracción de sus guardianes, se deslizó, desde un haz de luz de luna hacia el interior del chamizo, una mano. Al ver su color blanquecino, Gara tuvo el presentimiento que era Tara.

"Tara, ¿eres tú?"

"Coge mi mano, niña, los guardias están dormidos bajo mi manto."

Sin dudarlo, Gara coge su mano y logra escapar de aquella prisión. Juntas, se adentraron en el barranco hacia Meriga, buscando un lugar seguro donde Gara pudiera dar a luz y esperar el regreso de Jonay.

Su destino apenas estaba a una hora de camino. Tara, allí tenía preparado su refugio para cuidar de la muchacha.

Al llegar al lugar, protegido por una espesura cada vez más densa, Gara ve, al fin, un claro. Una gran charca del mar de nubes en medio del lugar. Y una cueva pegada al risco que les daba cobijo de miradas ajenas.

"Tara...esto es..."-Balbuceaba Gara.

"Tuyo, a partir de ahora. No dudes en buscar refugio aquí cuando desees".

Gara se sintió tan maravillada por el lugar y tan cansada del viaje, que se quedó dormida en cuanto entró en la cueva y cerró los ojos.

A la mañana siguiente, Jonay, finalmente llego a la isla. Una vez estuvo cerca de la costa procuró llegar al sur de las playas de Agulo, una caleta que le ofrecía refugio natural para poder salir del agua sin ser detectado. Por delante tenía ante sus ojos los riscos de Majona. Le adentrarían en el corazón de la isla, pero le quedaba un arduo camino por delante. Escaló riscos y se movió con cuidado de no ser visto entre las montañas. Donde se encuentra, la vegetación es baja, no tiene donde esconderse. A lo lejos un pastor lleva el rebaño en su dirección. Jonay se tira entre los arbustos rezando porque no le encuentre.

El pastor, descuidado de ver a alguien por allí hablaba con uno de sus baifos por no sentirse solo. Le decía que le daba pena la hija del Mencey, antes recluida en lo alto del valle y ahora perdida a saber dónde.

El muchacho pronto pensó hacia donde podría haber huido. Rápido cayo en la cuenta de que no huiría hacia Agulo, pues le apresarían los guardias. Y hacia el norte y el sur esa zona está asediada por las montañas. Si el fuera ella, su única salida rápida seria hacia el interior. Estaría sola y asustada, tenía que encontrarla cuanto antes.

Logró salir de Majona subiendo el barranco de Palopique hasta dar con un cedro gigantesco, allí se subió para pasar inadvertido de miradas acechantes mientras divisaba el resto del terreno. En ese instante, su fuente inagotable de energía comenzó a ceder, y mecido por las gruesas ramas del gran árbol, aprovechó para dormitar un poco antes de seguir con su búsqueda.

Al caer la noche y ya seguro de no dejar rastro, se adentra en el bosque como una sombra, con el único fin de encontrar a su amada. Por mucho que buscara no encontraba nada, ni el más mínimo rastro, ni huellas, ni marcas…hasta que dio con una pequeña charca en medio del bosque al noroeste de aquel gran Cedro.

El reflejo del agua cristalina parecía contar historias antiguas, susurros de un pasado misterioso. Mientras se inclinaba, siente la presencia de alguien entre la espesura.

"¿Quién está ahí?" Dijo con voz imponente, aunque nadie respondió a su llamada.

Volvió a mirar hacia aquellas aguas y no pudo evitar agacharse para beber, cuando una figura emergió de entre los árboles. Un cuchillo de laja apretaba alrededor de su cuello, tanto así que no le dejaba tragar. Tras un silencio se escuchó una voz "No perteneces a este valle, ¿quién eres?".

"Soy Jonay de Teno, hijo del Mencey Betzenuriga, he venido a por...".

"Gara..." le interrumpió ella.

3. El claro

La figura bajó el cuchillo al saber de quién se trataba. Al girarse Jonay vio a una muchacha joven ataviada con ropajes de harimaguada. Sin mediar palabra, ella se dio la vuelta y le hizo señas para que le siguiera. Tras apenas unos metros le condujo hacia una cueva oculta en medio de la montaña. Tara se detuvo.

"Ella está allí," dijo, señalando hacia la entrada oscura.

Jonay, con un suspiro profundo, se adentró en la cueva. Su corazón lleno de una mezcla de miedo y esperanza.

Dentro de la cueva, Gara estaba sentada, con su espalda apoyada en la pared abrazando su vientre, con la mirada perdida, absorta en sus pensamientos. Volvió en sí al escuchar pasos. Cuando vislumbró la silueta de Jonay, sus ojos se iluminaron con una mezcla de incredulidad y alegría. Se levantó rápidamente, corriendo hacia él.

"Jonay, Jonay, Jonay ¿eres realmente tú?" preguntó Gara, su voz temblorosa, abrazándole.

"Me ha traído hasta ti tu aliento, en contra del viento y la marea... siempre sentí un calor en el alisio y tu fragancia en la tierra... ya estoy aquí, Gara" respondió Jonay, abrazándola fuertemente.

En ese momento mágico y esperanzador, el miedo y la angustia que habían soportado se disolvieron en su abrazo. Estaban juntos de nuevo, contra todo pronóstico, unidos por un amor que había desafiado el destino.

Al mirar hacia atrás, se dieron cuenta de que Tara había desaparecido, como si fuera una sombra llevada por el viento, dejándolos solos en su reencuentro.

La reunión de Gara y Jonay fue un momento cargado de emoción. Entre la espesura del bosque, bajo un cielo estrellado, se encontraron por fin. Las lágrimas de alegría y alivio se mezclaron con besos apasionados, y en ese instante, todos los peligros y desafíos que habían enfrentado valieron la pena.

En la cueva, la tensión entre Gara y Jonay se mezclaba con una corriente de emoción inexplorada. Una vez sentados, con el fuego prendido, Gara, con una sonrisa tímida, acariciaba su vientre, esperando que Jonay notara algún cambio en ella.

Jonay, sin embargo, parecía ajeno a la señal. "¿Estás bien, Gara? Te veo algo pensativa," preguntó con genuina preocupación.

Gara, un poco decepcionada por su falta de percepción, se limitó a asentir, guardando silencio sobre su embarazo. Jonay, queriendo aliviar el ambiente, se levantó.

"Voy a salir un momento. Prometo traerte algo especial," dijo, saliendo de la cueva con una sonrisa.

Gara, sola en la cueva, imaginaba que Jonay volvería con un ramo de flores silvestres o quizás con algún fruto dulce del bosque, le apetecía tanto algo dulce ahora mismo... Sin embargo, cuando Jonay regresó, lo hizo con un manojo de hierbas de pasote.

"Esto te ayudará con los gases. He notado que te has estado acariciando el estómago," explicó Jonay con una sonrisa inocente.

Gara, sorprendida y molesta, tomó un palo y comenzó a golpearlo no tan suavemente como pretendía. "¡Jonay, eres un cachanchán, no son gases! Estoy..."

Jonay, tratando de esquivar los golpes, cayó al suelo, riendo.

"¡Está bien, está bien! Yo tampoco he estado muy fino del estómago con el viaje y los nervios."

Gara, paró un segundo y le golpeó más fuerte no queriendo escuchar nada más del estado de su estómago.

En medio de la conmoción, Gara finalmente soltó la verdad.

"¡Estoy embarazada, Jonay!"

En ese momento, Jonay dejó de defenderse y un golpe accidental de Gara lo alcanzó en la cabeza. Ese si dolió de verdad. Un fuerte mareo se apoderó de él.

Mientras se recomponía, con una mezcla de dolor y sorpresa, Gara lo miraba con los ojos vidriosos.

Jonay, recuperándose del golpe, se acercó a ella y la abrazó. Luego besa su vientre. "Lo siento tanto, Gara. Confundí tu milagro con un mal de estómago," dijo con voz suave y cariñosa.

Gara, a pesar de la confusión y el leve incidente, no pudo evitar reír ante la situación. "Solo tú, Jonay, solo tú podrías pensar algo así."

Jonay acarició el vientre de Gara, sintiendo la ilusión de saber que portaba a su hijo, y en ese momento, hicieron una promesa: protegerían a su familia a cualquier coste, incluso si eso significaba enfrentarse a la maldición que los acechaba.

Quisieron agradecer por todo a aquella muchacha que tanto bien les había hecho, pero...desapareció con el manto de la noche.

Conscientes de que no podían quedarse en la cueva para siempre, Gara y Jonay planificaron su huida. Decidieron buscar refugio en los valles al sureste de Agulo, donde el viento y las nubes bajas podrían ofrecerles protección.

4.Un nuevo hogar

A la mañana siguiente se pusieron en marcha. La travesía fue ardua. Ascendieron por senderos empinados hacia el Cedro, atravesaron sus barrancos hasta llegar a Aguajilva y se adentraron en el valle de Majona hacia Juel, atravesando Palopique. Procurando no volver hacia donde la estuvieran buscando. El lugar que escogieron, una cueva justo debajo del barranco del Juel, ocultándolos así de las miradas desde Agulo.

Aquel valle lo tenía todo para ellos, un lugar donde el tiempo parecía detenerse y la naturaleza les daba cobijo. Era un santuario natural, perfecto para el nacimiento de su hijo y para comenzar una nueva vida lejos de las restricciones de sus reinos.

En este refugio, rodeados de la belleza salvaje de La Gomera, Gara y Jonay se prepararon para el nacimiento del pequeño. Cada día, cada luna, mientras esperaban, fortalecían su vínculo con la tierra y entre ellos, convirtiéndose no solo en amantes sino en compañeros de alma, unidos por un amor que desafiaba las profecías y las maldiciones.

Mientras se preparaban para el nacimiento de su hijo, sus conversaciones se llenaban de planes y sueños.

"¿Has pensado en nombres para nuestro hijo?" preguntó, su voz teñida de emoción.

Gara, con una sonrisa cómplice, respondió: "He pensado en algunos, pero quiero que sea una decisión que tomemos juntos."

Jonay asintió, su mente vagando por las posibilidades. "Debe ser un nombre que hable de su fuerza y de la belleza de este lugar."

"Si fuera niño... ¿Qué tal Gaumet? Es un antepasado mío, un gran mencey, fuerte e inteligente" sugirió Gara, mirando a Jonay para ver su reacción.

Jonay sonrió ampliamente. "Gaumet... me gusta. Tiene fuerza y carácter. ¿Y si es niña?"

Gara también había pensado en ello. "Iballa, la desafiante. ¿Te gusta?"

Jonay asentía con la cabeza.

Gara se acurrucó más cerca de él. "Creo que sería tan aventurera como su padre," dijo con un tono juguetón.

"O tan sabio y hermoso como su madre," replicó Jonay, envolviéndola en un abrazo.

"Prométeme que, pase lo que pase, siempre lo protegeremos, le enseñaremos a amar esta tierra tanto como nosotros," dijo Gara, su voz llena de esperanza.

"Lo prometo, Gara. Seremos una familia, por mucho que le pese a quien le pese," aseguró Jonay, sellando su promesa con un beso en su frente.

"Ahora en serio, ¿Cómo crees que será?" preguntó Gara, acariciando su vientre.

Jonay, con una sonrisa, respondió: "Realmente pienso que tendrá tu fuerza, alguien con coraje, luchador, sabio. Y tendrá el poder de hablar con los grandes espíritus para que le guíen, como su padre."

Gara rio suavemente. "Espero que también herede tu sentido del humor."

Jonay le mira. "Es cierto, el mismo Guayota lloraba por mi venida a buscarte"

Gara rio un poco más mientras se acurrucaba en su pecho. "Pues si tanto hablas con ellos diles que esas brasas no se van a avivar solas".

Jonay sonríe y se levanta a avivar las brasas mientras ella le mira enamorada.

Meses más tarde en la quietud del valle, el momento que Gara y Jonay habían estado esperando finalmente llegó. El parto estaba a punto de comenzar, y la tensión en el aire era palpable. Gara, a pesar de tener alguna idea de lo que tenía que hacer, no podía evitar sentirse asustada y superada. Jonay, por su parte, se sentía completamente perdido, sin saber cómo ayudar en este momento crucial.

"Jonay, creo que... ya está aquí," dijo Gara, su voz temblorosa resoplando muy repetido.

Jonay, con los ojos muy abiertos, asintió nervioso. "Está bien, Gara, estoy aquí. ¿Qué necesitas que haga?"

"No lo sé, Jonay, nunca he hecho esto," respondió Gara, tratando de mantener la calma. "Solo... quédate conmigo."

Jonay, sintiendo su propia inutilidad, pero queriendo ser un apoyo para Gara, tomó su mano. "No te dejaré, Gara. Juntos en esto, ¿recuerdas?"

Gara aprieta tan fuerte su mano entre gritos de dolor que hace que Jonay se retuerza levemente susurrando: "Si, la fuerza de su madre..."

Gara asintió, respirando profundamente mientras las contracciones se hacían más intensas. El proceso del parto era un territorio desconocido para ambos, y cada momento era un desafío a su fortaleza y unión. Tradicionalmente, las mujeres se recluían en la cueva para dar a luz solas, sin ayuda de nadie. Pero Gara no podía separarse ni un instante de su amado, como si un día, el viento, caprichoso, se lo quisiera llevar lejos de ella.

"Está bien, Gara, puedes hacerlo," animaba Jonay mientras limpiaba el sudor de su cara, aunque su voz delataba su propio miedo.

Gara, con cada oleada de dolor, se apoyaba en Jonay, encontrando fuerza en su presencia. "Jonay, no sé si voy a poder..."

"Claro que puedes, Gara. Eres la mujer más fuerte que conozco," dijo Jonay, tratando de infundirle confianza besando su mejilla.

Las horas pasaban, y con cada minuto, Gara se acercaba más al momento de dar a luz.

Jonay, a su lado, se sentía abrumado por la magnitud de lo que estaba sucediendo, pero se mantuvo firme, sosteniendo a Gara, susurrándole palabras de amor y aliento.

Gara lloraba entre gritos de dolor: "¡No puedo, mi amor, no puedo, no puedo!"

"Cariño, estamos juntos. Es todo lo que queríamos, y el pequeño ya casi está aquí, vamos, mi amor, un poco más".

Finalmente, con un último esfuerzo de Gara y un grito que resonó en todo el valle, Gara bajó sus manos a su bajo vientre y sacó al niño con cuidado.

Jonay, con lágrimas en los ojos, miró al pequeño ser en brazos de Gara. "Es nuestro hijo, Gara. Es...precioso. Lo has logrado."

Gara, exhausta pero rebosante de felicidad, miró a su hijo y luego a Jonay. "Sí, lo hemos hecho. Bienvenido al mundo, pequeño Gaumet."

La historia de Gara y Jonay, lejos de terminar, apenas comenzaba. En los meses venideros, criarían a su hijo en los valores del amor, la libertad y la fortaleza, preparándolo para enfrentar un mundo que tal vez no estuviera listo para aceptar su existencia.

Pasaban las semanas en aquel rincón apartado de la isla, donde solo el mar de nubes y el canto de los pájaros eran los únicos testigos.

Jonay y Gara habían encontrado algo a lo que llamar hogar. Era un lugar oculto, un santuario natural donde la presencia de los amantes permanecía invisible a los ojos de aquellos que los perseguían.

En el valle, Jonay y Gara habían creado un lugar de amor y esperanza. Jonay, con la determinación de un hombre que protege lo que más ama, había trabajado incansablemente para fortalecer su refugio. Había construido una morada de ramas y hojas de palma que ocultaba la cueva, un techo bajo el cual él y Gara podían resguardarse del mundo exterior.

Cada amanecer, Jonay se aventuraba fuera de su escondite, en busca de agua y comida. "Cuídate, Jonay," decía Gara cada vez que él salía, su voz llena de preocupación.

"Volveré antes de que te des cuenta," respondía Jonay con una sonrisa, partiendo con su zurrón vacío.

Gara, por su parte, se ocupaba de moler el cereal en un molino de piedra. Mientras lo hacía, cantaba suavemente. Una melodía que se mezclaba con el sonido del molino. A veces, Gaumet, se reía con las canciones de su madre, una risa que llenaba el valle de alegría.

"Creo que te gusta mi canto, ¿verdad, pequeño?" decía Gara, mientras el niño gimoteaba a su lado.

Cuando Jonay regresaba, cargado con frutas y el zurrón lleno de agua, Gara lo recibía con un abrazo. "Has vuelto," decía ella, aliviada.

"Es fácil volver con el sonido de tus cantos" respondía él, entregándole las frutas.

En esos momentos, mientras Gara preparaba la comida, Jonay solía jugar con el niño. Aunque al principio se sentía torpe, pronto descubrió lo fácil que era hacer reír a su hijo con gestos y sonidos extraños.

"¿Estás seguro de que estás enseñando algo bueno a tu hijo?" preguntaba Gara entre risas, observando cómo Jonay hacía caras cómicas.

"Por supuesto, estoy desarrollando su sentido del humor," respondía Jonay, mientras el infante reía a carcajadas.

Una tarde, mientras Gara molía el cereal, el molino empezó a hacer un ruido extraño y le costaba girar. Jonay, al escucharlo, corrió hacia el molino y comenzó a inspeccionarlo de manera exagerada, como si fuera un experto.

"Creo que necesita un poco de..." decía Jonay, haciendo movimientos absurdos alrededor del molino.

Gara, no pudiendo contener la risa, le lanzó un puñado de cereal. "¡Eso no ayuda, Jonay!"

Eran momentos felices, pero la felicidad de aquel momento estaba teñida de preocupación. Sabían que su hijo traía consigo una nueva vulnerabilidad. Su existencia era un secreto que debía ser protegido a toda costa, un secreto que podría desatar la furia de aquellos que los buscaban.

Los días siguientes fueron un torbellino de emociones. Entre el cuidado del niño y la constante vigilancia del entorno, Jonay y Gara se encontraban atrapados entre la alegría y el miedo. Cada ruido en el bosque, cada crujido de una rama, podía ser una señal de peligro.

Jonay, cuyos instintos se habían agudizado por la constante vigilancia, percibió algo anormal en el ambiente. El crujir de las ramas y el murmullo del viento parecían llevar consigo un mensaje siniestro. Sigiloso, se acercó a la entrada de la cueva, su mirada penetrante buscando descifrar los secretos de la oscuridad.

Gara, notando la tensión en los movimientos de Jonay, se acercó a él con Gaumet en brazos. "¿Qué sucede?" preguntó, su voz apenas un susurro.

Jonay, sin apartar la vista del exterior, respondió con seriedad: "Hay algo ahí fuera. Ruidos... pisadas. No son de animales."

Gara sintió un escalofrío recorrer su espina dorsal. "¿Crees que nos han encontrado?" preguntó, su corazón latiendo con fuerza.

Jonay asintió lentamente. "Lo temo. Los hombres del Mencey son astutos y persistentes. No nos dejarán en paz tan fácilmente."

Gara miró hacia su hijo, que dormía plácidamente, ajeno al peligro que se cernía sobre ellos. "No podemos arriesgarnos a que nos encuentren. Pero ¿cómo haremos para huir con Gaumet? Es apenas un bebé."

Jonay, con un suspiro, se volvió hacia Gara. "Será peligroso y difícil, pero no tenemos opción. Deberemos viajar de noche, usando las sombras para ocultarnos. Conozco un sitio, no muy lejos de aquí, es una garganta en la montaña, nos ocultan los árboles, estaremos al descubierto, pero quizás los hagamos pasar de largo."

"¿Y si nos separan?" la voz de Gara temblaba ante la posibilidad.

Jonay la tomó de la mano, infundiéndole coraje. "No permitiré que eso suceda. No nos separó el mar, no nos separaron nuestras familias, no nos separaran esos perros."

Gara, fortalecida por la determinación de Jonay, asintió con resolución. "Entonces preparémonos. Cada momento cuenta."

Juntos, en la intimidad de la cueva, planearon su huida. Sabían que el camino estaría lleno de desafíos, pero la idea de un futuro para Gaumet, libre de las sombras del pasado, les daba la fuerza para enfrentar lo que venía. Con cada palabra, cada decisión, tejían el tapiz de su destino, uno que los llevaría lejos de las garras de aquellos que los perseguían en la oscuridad de la noche.

5. La determinación de Jonay

La decisión estaba tomada. Jonay y Gara, con la incertidumbre como única compañía, se preparaban para abandonar su refugio. El ventoral, implacable y persistente, convertía el terreno en una trampa de piedras y ramas arrojadizas, un desafío más en su ya ardua travesía. Con su hijo en brazos, Gara sabía que debían ser cautelosos. La seguridad de su pequeño era su máxima prioridad.

"¿Estás seguro de este nuevo lugar?" preguntó Gara, mirando por última vez la cueva que había sido su santuario.

Jonay, con una mirada que mezclaba determinación y preocupación, asintió.

"La garganta está oculta, a la izquierda del camino que divide Juel del barranco de Palopique. No es un lugar ideal, pero nos ofrecerá refugio temporal."

El aire se llenó de una tensión palpable mientras se adentraban en el valle, el sonido del viento golpeando sus cuerpos acompañaba cada uno de sus pasos. El terreno resbaladizo se convertía en un enemigo silencioso, obligándolos a avanzar con una lentitud frustrante.

Gaumet, ajeno al peligro que lo rodeaba, jugaba con una hoja que había cogido del suelo antes de marchar, riendo cada vez que el viento la hacía bailar. Gara, observándolo, sentía una mezcla de amor y temor por su hijo. Él era la razón de su lucha, la pequeña llama que mantenía viva su esperanza en medio de la desesperación.

A medida que avanzaban, Jonay iba delante, abriendo camino. Gara, sosteniendo a Gaumet, seguía sus pasos con cuidado, evitando las raíces traicioneras y las piedras resbaladizas. Cada tanto, se detenían para descansar, compartiendo agua y frutos silvestres que Jonay había recogido en su camino.

La garganta, cuando finalmente la alcanzaron, era un lugar escondido, casi tragado por la maleza. Un estrecho sendero se abría paso entre las rocas, llevándolos a una pequeña zona arbolada. No era más que un hueco en la montaña, pero para ellos, en ese momento, representaba la diferencia entre la vida y la muerte.

"Estaremos a salvo aquí, al menos por un tiempo," dijo Jonay, examinando el área.

Gara asintió, colocando a Gaumet en el suelo. El niño, liberado de los brazos de su madre, comenzó a mirar el lugar con curiosidad infantil.

Mientras Jonay aseguraba el perímetro, Gara se sentó junto a Gaumet, observando cómo movía sus bracitos y piernitas. Pensó en Jonay, en su amor, en la vida que habían construido juntos, y en los peligros que aún les acechaban. Era un momento de calma en medio de la tormenta, un instante robado al destino que parecía determinado a separarlos.

Esa noche, mientras Gaumet dormía, Jonay y Gara se sentaron juntos, observando las estrellas a través de la abertura de los árboles. Hablaron en susurros, compartiendo miedos y esperanzas, reafirmando su promesa de proteger a su familia a toda costa.

"¿Crees que algún día seremos libres?" preguntó Gara, su voz apenas audible sobre el sonido del fuerte viento.

Jonay, tomándola de la mano, respondió: "No creí que encontraría a la chica de mis sueños y aquí estás, no imaginaba ser padre de una criatura tan increíble y ahí está."

El viento seguía arreciando, pero en la garganta del olvido, por una noche, reinaba la paz. Una paz efímera, sí, pero también un recordatorio de que, en medio de la oscuridad, siempre hay espacio para un rayo de esperanza.

La tensión creció día a día, y con ella, el miedo a ser descubiertos. Gara, a pesar de su valentía, no podía evitar sentir un temor paralizante. Cada ruido en la noche, cada crujido de una rama se convertía en una posible amenaza.

Finalmente, en una noche en la que la luna se ocultaba de todos, y el bosque parecía retener la respiración, tomaron su decisión. Recogerían los pocos suministros que tenían y se adentrarían en las montañas, hacia el sur de Meriga buscando un nuevo refugio donde su hijo pudiera crecer lejos de la persecución y el miedo. Más allá había otros cantones, otros menceyes, pero quizás podrían ayudarles.

En las garras de una noche sin luna, el destino tejía su tapiz más sombrío. Gara, con su hijo en brazos, se enfrentaba a la realidad de un amor que había florecido en medio de la tormenta. Jonay, por otro lado, se consumía en la angustia de un guerrero cuyo corazón late al compás del tambor de la guerra inminente.

La tensión en el aire era palpable cuando las fuerzas de su padre irrumpieron en el valle, sorprendiéndolos desde lo alto de la garganta. Los ojos de Gara y Jonay se encontraron en un momento eterno, donde el amor, la desesperación y la determinación convergían.

Salieron de allí garganta abajo camino al risco, en dirección Aguajilva, los ecos de sus pasos y los gritos de los hombres del mencey retumbaban como tambores de guerra. Gara, con su hijo en brazos, corría con una agilidad sorprendente, sus pies descalzos apenas tocando el suelo pedregoso. Jonay, en retaguardia, miraba hacia atrás constantemente, alerta a cada movimiento a sus espaldas, su corazón latiendo al ritmo frenético del peligro.

Al empezar a subir el risco, Jonay sabía que no sería una subida fácil.

"¡No mires hacia arriba, Gara! ¡Concentra todas tus fuerzas en subir!" gritaba Jonay, su voz casi ahogada por el viento y el ruido de las piedras lanzadas que caían como lluvia.

Era un asalto implacable, piedras afiladas que cortaban el aire con un silbido amenazador, cada una un presagio de dolor. Jonay, con cada piedra que lo golpeaba, sentía cómo su energía se desvanecía, pero su determinación no flaqueaba. Su amor por Gara y su hijo era un escudo más fuerte que cualquier armadura.

"¡Sigue, Gara! ¡Ya casi estamos!" animaba Jonay, aunque sus palabras eran más para sí mismo, una forma de aferrarse a la esperanza que se deshilachaba con cada paso.

La subida a Aguajilva era un camino tortuoso, una prueba de resistencia y coraje. Gara, con la fuerza de una madre protegiendo a su hijo, se movía con una destreza sobrenatural, cada paso un desafío a la muerte que los acechaba.

Mientras ascendían, el ataque de los hombres del Mencey se intensificaba. Jonay, protegiendo a su familia, se convirtió en el blanco principal, su cuerpo recibiendo el castigo de las pedradas, una tras otra. Con cada impacto, un gruñido de dolor escapaba de sus labios, pero no se detenía.

Al fin, exhaustos y magullados, llegaron a Aguajilva. A partir de aquí sería más fácil llegar al Gran Cedro, pero no con los hombres del mencey pisándoles los talones. Jonay, con la cabeza y la espalda ensangrentadas, la mirada llena de una mezcla de alivio y dolor sabía que la verdadera prueba aún estaba por venir.

"Tienes que seguir, Gara. No puedes detenerte ahora," dijo Jonay, su voz apenas un susurro.

Gara, con lágrimas en los ojos, asintió silenciosamente. Su mirada se cruzó con la de Jonay, y en ese instante, sin palabras, Gara atisbó lo que pensaba su amado.

Consciente de que no le quedaba mucho, tomó una decisión desgarradora. Con la mirada fija en Gara, le ordenó huir con su hijo, prometiéndole que los seguiría.

Gara lo miró fijamente con los ojos inundados en lágrimas, y habiéndole abandonado la voz...

Jonay, con la firmeza de un guerrero y la ternura de un amante, se acercó a Gara, colocando sus manos sobre su rostro sofocado y tembloroso.

"Gara, mi amor, debes irte. Nuestro hijo necesita a su madre," murmuró, su voz rasgada por la emoción.

Gara, con la desesperación pintada en su rostro, sacudió la cabeza.

"No, ¿qué estás diciendo? ¡NO! Jonay, no puedo dejarte. ¡Huyamos juntos!" suplicó, las lágrimas desbordándose por sus mejillas.

"Si quieres matarme, atraviésame ya con tu lanza, muramos juntos, pero no me obligues a vivir sin ti y morir lentamente sin tu calor" Le decía ella mientras lloraba sin consuelo alguno.

Pero Jonay sabía que no había otra salida. Los hombres del Mencey se acercaban, y solo él podía comprarles tiempo. Miró su lanza. Ya ni la idea de atravesarse con la lanza en un último abrazo era descabellada. Pero su mirada se dirigió a Gaumet, que tenía los ojos como platos mirándole fijamente. En ese momento Jonay no dudó.

"Gara, mírame, por nuestro hijo, por nosotros, debes sobrevivir. Prométeme que lo protegerás", insistió, reflejando un dolor inmenso.

Gara, con el corazón destrozado, le agarraba y tiraba de él, chillaba dolorida, en su corazón se había formado una maraña de espinas que la asfixiaba de pensar en quedarse sin el amor de su vida.

Finalmente desistió, incapaz de formular palabras. Jonay, con un último beso cargado de todos sus sentimientos, se despidió de su amada y su hijo mientras Gara comenzaba a avanzar. Con un giro decidido, se volvió hacia la dirección de la que venían los hombres del Mencey, ellos tenían la desventaja, ya que el los veía subir por el risco. Imponente su figura erguida y desafiante lanza en mano.

Gara, corre cargando a su hijo, sollozando, no es capaz de respirar bien mientras huye hacia la seguridad del bosque, mientras Jonay empezaba a despachar a los agotados hombres que llegaban a la cima del risco. Cada golpe que daba, cada esquiva que realizaba, estaba impregnada de su coraje. En cada movimiento, en cada respiración, Jonay luchaba no solo por su vida, sino por el futuro de su familia.

A lo lejos, Gara, con el corazón desgarrado y las lágrimas empañando su visión, sabía que el sacrificio de Jonay era su única esperanza, le dolía solo de pensarlo, pero así era.

Con el peso de un amor enorme y un futuro incierto, llega al gran Cedro, llevando consigo un legado que desafió al destino y la esperanza de volver a ver a su amado. Desde allí aun podía verle luchar. No quería mirar. Aunque ganara, su cuerpo quedaría mutilado, pero quería volver a su lado tan pronto como venciera.

Era una noche turbia, bajo un cielo sin estrellas, la figura solitaria de Jonay se erigía como un faro de desesperación y voluntad. Con su única arma, una lanza heredada de su padre se preparó para la batalla más despiadada de su vida. El terreno, aunque a su favor, no era suficiente para compensar la abrumadora ventaja numérica de sus enemigos.

Los hombres del Mencey, armados con lanzas de punta de piedra y listos para la cacería, avanzaron con un hambre salvaje en sus ojos. El aire se llenó del sonido siniestro de piedras lanzadas con fuerza, algunas rasgando el aire peligrosamente cerca de Jonay.

El primer golpe lo tomó por sorpresa, una piedra golpeando su costado con brutalidad. El dolor por las costillas fracturadas fue un rayo ardiente que recorrió su cuerpo, pero Jonay no cayó.

Con un grito de furia, blandió su lanza con una destreza mortal, su silueta recortada contra la oscuridad como una danza macabra de supervivencia.

La lucha se intensificó. Los hombres del Mencey, aprovechando su superioridad numérica, rodearon a Jonay, lanzando una lluvia de golpes y pedradas.

Cada impacto de las piedras era un coro de agonía que resonaba en sus huesos y retumbaban en la inmensidad de la noche.

Jonay, aunque herido, luchaba con una ferocidad que desafiaba la muerte. Su lanza encontrando carne y hueso con cada embestida.

En el Cedro, Gara solo podía llorar amargamente, con gritos ahogados, sin hacer ruido para no delatar su posición, su rostro se iba desfigurando por momentos mientras contemplaba como su amor tenia los minutos contados.

La marea de la batalla arreció contra él. Una piedra, lanzada con precisión diabólica, golpeó su rodilla, fragmentando el hueso con un estallido sordo.

Jonay cae de rodillas, su grito desgarrando la noche.

Otro golpe, esta vez en la otra pierna, le deja incapacitado, su cuerpo: un lienzo de dolor y desesperación.

Cae rendido de rodillas al suelo. El crujido de sus huesos se siente como el rechinar de los dientes de Gara mientras contempla sus últimos instantes.

Inmovilizado y vulnerable, los hombres del Mencey se abalanzaron sobre él como perros sobre su presa.

Con una brutalidad espeluznante, comenzaron a romperle uno a uno los huesos de sus fuertes brazos. Aquellos que Gara recordaba cálidos y seguros en sus abrazos. Ella sentía que se rompía por dentro, sentía cada impacto como suyo propio.

Cada golpe era un estallido de agonía, cada crujido un eco de su derrota.

Jonay, con la respiración entrecortada y la vista nublada por el dolor, luchaba por mantener la consciencia.

La llegada del Mencey fue un presagio de su final. Añaterve, con una mezcla de ira y dolor en su mirada, contempló a Jonay, su cuerpo destrozado y su espíritu indomable aun ardiendo en sus ojos.

Mira alrededor, y una vez mas no ve a su hija. Jonay, ese muchacho de Teno se llevó a su pequeña y no la volvió a ver jamás. Bajo su criterio, él era el responsable de la caída en desgracia de su hija.

"¿Dónde está?" Le pregunto con su voz grave e imponente.

Jonay levantó la mirada hacia su verdugo, la cara demacrada por los golpes, su silencio un grito de acusación.

"¿Por qué? ¿Por qué has traído esta maldición sobre nosotros?" gruñó Añaterve, su voz resonando con el peso de su autoridad.

Jonay, con la respiración entrecortada y la vista nublada por el dolor, respondió con una voz que, aunque debilitada, estaba impregnada de una resolución inquebrantable.

"No viví... maldición alguna... en sus brazos... ni tampoco ...cuando nuestro hijo ...sonreía...no había maldición... en ...que ella moliera el trigo en el molino... solo había amor ... uno que va más allá ...de tus profecías y tus miedos."

Añaterve apretó los dientes, su mano temblaba ligeramente al sostener su propia lanza.

"Tu amor ha traído solo desgracia. Has desafiado las leyes de los dioses y ahora debes pagar el precio." Sus hombres gritaban dándole la razón.

Jonay levantó la cabeza, encontrando la mirada del Mencey. "No temo a la muerte... ni a más maldiciones ...que ser perseguido... pero sé que el amor de Gara ...y el mío perdurará ... más allá de nuestras vidas. -Coge aliento- No puedes matar eso, Añaterve."

El aire entre ellos se cargó de una tensión eléctrica, una batalla silenciosa de voluntades y creencias. Añaterve, con un gesto de su mano, hizo que sus hombres se retiraran unos pasos, dejándolos a solas en el círculo de la confrontación.

"Podría perdonarte la vida," dijo Añaterve lentamente, "pero has deshonrado mi linaje y robado el corazón de mi hija. Eso no puedo perdonarlo."

Jonay, no apartó la mirada de los ojos del mencey. "Entonces... terminemos esto. Por Gara, por nuestro hijo, y por todo aquello... que jamás entenderás."

El Mencey, con un suspiro que parecía llevarse años de dolor y conflicto, asintió asumiendo sus últimas palabras. Se preparó para el golpe final. Buscaba una parte mortal en su cuerpo boca abajo, su lanza intuyendo el corazón de Jonay.

En ese momento, las miradas de ambos se cruzaron, dos generaciones, dos mundos en conflicto, unidos por un instante en una comprensión mutua del sacrificio y la pérdida.

Con un movimiento rápido, Añaterve asestó el golpe. Jonay con una arcada empieza a vomitar sangre y con él su último aliento.

Gara desde el Cedro no podía más, su cara desfigurada por el dolor y su llanto mudo hicieron que su cuerpo colapsara y su garganta pesara como una losa.

Se echa las manos a la cara, enterrando sus uñas en su propia piel.

La desesperación y la pena le están destruyendo por dentro. Siente un vacío punzante creciendo dentro de ella.

Llora sin lágrimas, está seca. Grita sin voz, no le quedan fuerzas.

Ya no puede continuar, allí casi desmayada contra el Cedro, ni se daba cuenta de que su hijo ya no estaba entre sus brazos.

Añaterve se quedó de pie, mirando el cuerpo de Jonay, una mezcla de alivio y un profundo pesar en su rostro.

"Que los dioses te sean más favorables en tu próxima vida, hijo de Betzenuriga" murmuró Añaterve, antes de girarse y alejarse. Dejando atrás el cuerpo de Jonay, dando la orden a sus guerreros que aseguraran su muerte.

Los sonidos de las lanzas entrando y saliendo del cuerpo de Jonay, el chapoteo de la sangre y la carne cortada llegaba a oídos de una Gara que estaba a punto de traspasar la línea de la locura. Era un infierno vívido, en el que su mente nublada solo podía lamentarse y colapsar.

El campo de batalla quedó en silencio, solo roto por el sonido de la respiración entrecortada de los hombres del Mencey. Jonay, había caído, pero su leyenda, su sacrificio, viviría para siempre en los ecos de la isla. Su lucha no fue en vano; su historia sería contada a través de las generaciones, un recordatorio del precio a pagar por amar libremente.

En la penumbra, mientras los hombres de Añaterve peinaban la zona bajo su mando, una figura etérea emergió de las sombras del cedro. Era ella, la dama de blanca tez, cuya aparición era como un susurro del destino. Con movimientos suaves pero firmes, tomó al pequeño Gaumet del suelo y lo devolvió al regazo de su madre.

Era Tara, la sirvienta misteriosa, cuya presencia en los momentos más oscuros de Gara había sido una constante inexplicable.

Tara, con una fuerza sobrenatural, ayudó a Gara a incorporarse, sus ojos llenos de una compasión insondable.

"Vamos, Gara," susurró con una voz desgastada de llorar. "No hay tiempo que perder. Debes sobrevivir, por él."

Su gesto señalaba al pequeño Gaumet, ahora único legado de un amor prohibido y trágico. Gara le miró y vio tanta tristeza también en su rostro...quizás fue esa empatía la que le ayudo a ponerse en pie.

Guiada por Tara, Gara se adentró en la noche, cada paso un desafío a su voluntad quebrada. El murmullo de su llanto roto acompañaba la noche. Volvían al refugio bajo el velo de la oscuridad, esquivando las patrullas de Añaterve, moviéndose como si de fantasmas se tratara bajo la mano de Tara.

6. El desconsuelo de Gara

Al llegar a Meriga, un refugio ya conocido para Gara, se encontraron con aquel claro bañado por la luz de la luna. Tara, sentó a Gara y le hizo un gesto de que ya estaban a salvo.

"Protejo este santuario, pequeña, apoya al niño en el lecho de hojas, llora sin el temor de ser descubierta".

Gara le miró ida, su voz entrecortada entre las idas y venidas de su respiración se hacía cada vez más audible, abrazó a Tara y comenzó a agarrarla muy fuerte mientras gritaba, gritaba de dolor, gritaba a niveles que las estrellas que no estaban comenzaron a llover, cayéndose de su manto, desoladas por su dolor. Dolor que atravesaba el pecho de Gara como si le hubieran arrancado el corazón. Pecho que había quedado huérfano de la cabeza de su amado cuando se acurrucaban juntos en las noches. Noches que pasará sin él. Sin el ya no hay nada... nada... nada...

Tara le acariciaba el pelo con la suavidad que lo haría una madre y le cantaba suavemente como el murmullo de las olas en la playa donde se veían furtivamente. Le transmitía un calor que solo sentía bajo los brazos de Jonay. Y con esas sensaciones que tanto le recuerda a su amado poco a poco, agotada, entre sollozos empezó a caer en un profundo sueño.

Tara, con lágrimas en los ojos, no podía más. Deseaba hacer lo que ella también hizo, pero no lo tenía permitido.

"¿Por qué has tenido que acabar así?" decía mirándola con pena y un nudo inmenso en la garganta.

En ese momento, una voz grave, pero en tono bajo, con el fin de no despertarla, surgió desde las sombras. Era la voz de Magec, quien había traído esta maldición al mundo.

"Porque la vida, como el viento, Tara, sigue rutas que no podemos ver," dijo el dios, acercándose a Tara. "Tú te saltaste las normas y sufriste, y haces que los demás se la salten también para ti."

Tara, con lágrimas aun corriendo por sus mejillas, sintiendo sus palabras injustas y desmedidas, le miro desafiante. "¿Quién eres tú para hablar de mi dolor?" preguntó con una mezcla de ira y desesperanza.

"Soy aquel al que enamoraste con tu mirada estrellada desde el cielo, con tu tez blanquecina y tu sonrisa eterna" respondió el anciano.

"Y soy al que le rompiste el corazón en mil pedazos al rechazar mi petición, obligándome a vagar solo el resto de la eternidad"

En las palabras de aquel imprestable, Tara clavaba su mirada en Gaumet que hacía gestos mientras dormía. Dándose cuenta de que siempre habría posibilidad de que la vida del pequeño no estuviera marcada solo por la pérdida y el dolor.

"Ella también sufrirá, Tara, y el niño también sufrirá, y todo aquel que ose enfrentarme sabrá a que destino atenerse". Dijo Magec, antes de desaparecer, justo antes de que Tara le lanzara una mirada asesina, odiándole.

Para cuando se giró, él ya se había desvanecido. Un sentimiento de culpa le invade, obligándola a cerrar los ojos para intentar contener las lágrimas que, escapándose de su tez, se desparraman sobre la cabeza de Gara.

Pasaban las horas mientras la luna descendía lentamente en el cielo, dando paso a los primeros rayos del amanecer. Tara secándose las lágrimas supo que era momento de partir tras vigilarlos toda la noche.

Gara, al despertar, no tenía hambre, ni ganas de sonreír, pero allí estaba aquel pequeño revoltoso riéndose y cogiéndose las piernitas mientras le miraba divertido. En ese momento, en su corazón, una determinación inquebrantable comenzó a florecer, alimentada por el amor a su hijo y el legado de su amor perdido con Jonay.

En el seno del bosque gomero, donde la vida se entretejía con el misterio, Gara y su hijo Gaumet hallaron refugio en el escondite de Tara. Bajo la protección de las hojas susurrantes y el canto de los pájaros, madre e hijo se reencontraban con la paz, un alivio tan necesario como el agua en un desierto de dolor.

Gara, a pesar de la sombra que la tragedia había dejado en su alma, encontraba consuelo en los ojos de Gaumet, espejos de un cielo más inocente. El niño, ajeno a la profundidad de la tristeza de su madre, se convertía día a día en el bálsamo para su corazón herido. Sus risas y travesuras, destellos de luz en la penumbra de Gara, eran el recuerdo vivo de Jonay, un legado de amor y fuerza.

Cada día, Gara dedicaba su tiempo a cuidar de Gaumet, enseñándole los secretos del bosque y las antiguas tradiciones de su pueblo. A través de juegos y canciones, Gara le mostraba el mundo, un lugar aún mágico a pesar de las cicatrices que llevaba. Aunque el dolor aún latía en su pecho, las sonrisas inocentes de Gaumet lograban, a ratos, hacerla olvidar las penas.

Las visitas furtivas de Tara en la noche se habían convertido en una constante reconfortante. Como una sombra protectora, Tara velaba por ellos, su presencia apenas perceptible pero profundamente sentida. Gara, a menudo, despertaba brevemente al sentir la presencia de Tara, encontrando en su silueta una especie de ángel guardián, un susurro de seguridad en la oscuridad de la noche.

Pasaban los años y Gaumet, con su energía desbordante, se aventuraba por los alrededores del refugio, siempre bajo la mirada atenta de su madre. Sus juegos, desbordantes de imaginación, le llevaban a convertirse en un valiente explorador o en un sabio de los antiguos tiempos. Gara observaba, a veces con una sonrisa, otras con una lágrima disimulada, cómo su hijo crecía y se fortalecía, convirtiéndose en una mezcla perfecta de ella y Jonay.

Un día, mientras Gaumet jugaba a ser un guerrero del bosque, con un palo como lanza, hizo algo que sorprendió a Gara y arrancó de ella una carcajada sincera. Había imitado a la perfección una de las expresiones más cómicas de Jonay, una mueca que siempre la hacía reír. Por un momento, el tiempo se detuvo, y Gara se vio transportada a aquellos días felices junto a Jonay. Era como si él estuviera allí, en la risa de su hijo, recordándole que el amor que una vez materializaron nunca muere.

Cada noche, cuando Gaumet se dormía, Gara se quedaba observándolo, preguntándose qué futuro le aguardaba a su pequeño guerrero. Aunque el dolor de la pérdida aún la acechaba, en Gaumet veía una promesa de días mejores, un futuro donde el amor y la esperanza podían florecer de nuevo.

En la oscuridad de una de esas noches adornada por un tapiz de estrellas centelleantes, el silencio del valle se veía interrumpido solamente por el susurro del viento entre los brezos. Tara, como una sombra protectora, se acercaba a la cueva donde Gara y su hijo descansaban. Sin embargo, esa noche, Gara no encontraba el sueño. Sus ojos, reflejos de un alma inquieta, permanecían abiertos, fijos en las sombras danzantes que las llamas de la hoguera proyectaban en las paredes rocosas.

Tara, con la sabiduría que otorgan los años y las cicatrices del alma, se sentó junto a ella.

"¿Por qué la inquietud perturba tu descanso esta noche, Gara?" preguntó con voz suave, pero cargada de un entendimiento profundo, mientras se sentaba a su lado.

Gara, volteando su rostro hacia Tara, buscó en sus ojos alguna respuesta a la pregunta que la acosaba.

"Tara, has sido más que una amiga para nosotros, un faro en la oscuridad que nos ha envuelto. Pero siempre me he preguntado, ¿por qué? ¿Por qué haces tanto por nosotros?"

Tara, con una mirada que parecía atravesar el tiempo y el espacio, suspiró profundamente antes de hablar. "Mi historia, querida Gara, es también una de amor y pérdida, como la tuya. Hace muchos, muchos años, amé a alguien, un amor que desafió las leyes y los preceptos de nuestra gente. Pero, a diferencia de tu historia, la mía terminó en tragedia antes de que pudiera florecer." Dijo mirando a Gaumet profundamente dormido.

Gara, con el corazón palpitante, escuchaba atentamente. La luz de la luna iluminaba el rostro de Tara, revelando las líneas de dolor y resignación que el tiempo había grabado en su piel.

"Él es Achuhucanac, el que trae la lluvia, un ser de noble corazón y espíritu valiente. Siempre me fijaba desde mi altura como regaba nuestros campos y se preocupaba que las gentes y el ganado tuvieran para saciar su sed. Nunca le vi flaquear, sus nubes eran gruesas y densas, su agua fresca y limpia. Nos encontramos en secreto mientras yo iluminaba sus nubes. Pero nuestros sueños se desvanecieron cuando Magec se enteró de nuestro amor. En un intento de tenerme solo para él, irradió contra sus nubes cada día hasta dejarle casi sin vida. Yo le supliqué que le dejara en paz, ¿cómo vivirían si no nuestros habitantes a quien incluso él debía proteger? En ese momento nos advirtió que si volviera a encontrarnos juntos acabaría con todo rastro de vida a lo largo y ancho del mar."

Las lágrimas comenzaron a brotar de los ojos de Tara, pero su voz no flaqueó.

"Desde ese día, juré proteger a aquellos que, como nosotros, se atrevieran a desafiar el destino por amor. Cuando supe de tu historia con Jonay, vi en ti la oportunidad de redimir mi fracaso, de darle a tu amor la oportunidad que el mío nunca tuvo."

Gara, con lágrimas en sus propios ojos, tomó la mano de Tara.

"Tu dolor es también el mío," susurró. "Gracias por ser nuestra guardiana y nuestra guía."

Tara, con una sonrisa triste, asintió.

"En ustedes, he encontrado un propósito, una luz en la oscuridad de mi propia pérdida. Su lucha es también la mía."

Juntas en la tristeza, contemplaron las estrellas, encontrando en el silencio de la noche un consuelo mutuo. En ese momento, el vínculo entre ambas se fortaleció, uniendo sus destinos más allá de lo que habrían podido imaginar.

Conforme pasaban los años, Gaumet crecía bajo la atenta mirada de su madre, aprendiendo a leer los secretos del bosque y a comunicarse con sus criaturas. Gara le enseñó a escuchar el susurro de los árboles y el canto de los pájaros, a rastrear el paso silencioso de los animales y a encontrar refugio en las sombras. Pero, sobre todo, le enseñó a temer a los hombres desconocidos, aquellos que venían del valle de su abuelo, símbolo de un pasado doloroso y un peligro siempre latente.

Sin embargo, existía un velo de misterio sobre su origen, una historia no contada que Gara guardaba en lo más profundo de su corazón herido.

Un día, mientras Gaumet jugueteaba cerca del arroyo que serpenteaba al este del refugio, sus dedos curiosos recogen un objeto semienterrado en la tierra húmeda. Era un collar, hecho de colmillos y conchas, simple en su diseño, pero cargado de un significado inmenso. Con inocencia, Gaumet lo colgó alrededor de su cuello, ajeno a la historia que este guardaba.

Al regresar al refugio, Gara vio lo que su hijo llevaba puesto. Sus ojos, acostumbrados a la serenidad de la naturaleza, se abrieron con asombro y un dolor antiguo. Se abalanzó hacia el collar con una mezcla de miedo y asombro, como si viera un fantasma surgido de las sombras del pasado.

"¡Ese collar!" exclamó, su voz temblorosa.

Gaumet, sorprendido y ligeramente asustado por la reacción de su madre, balbuceó:

"Lo... lo encontré en el arroyo. No sabía que era importante para ti."

Gara, recuperando la compostura, acarició suavemente el collar y luego la mejilla de su hijo.

"Puedes quedártelo, Gaumet," dijo con dulzura. "Pero hay una historia detrás de este collar, una historia que te pertenece."

Así, bajo la sombra protectora de los árboles de Tara, Gara comenzó a narrar la historia del portador original del collar. Habló de Jonay, su gran amor, como juntos desafiaron los designios del destino y las advertencias de los sabios. Contó cómo él y ella, en contra de todas las profecías, se enamoraron, un amor que floreció en secretos y encuentros robados bajo la luz de la luna.

Explicó cómo ella, con sus manos llenas de esperanza y amor, había tejido ese collar para él, entrelazando cada hilo y cada concha y colmillo como símbolo de su unión indisoluble. Era un regalo sincero, un lazo que los unía más allá de la distancia y el tiempo.

Ella lo recordaba feliz, pero no podía evitar derramar lágrimas de dolor mientras miraba el collar, apareciendo su amado en su mente, con esa sonrisa burlona que siempre tenía.

Gaumet, con el corazón inflamado por la historia de su madre, hizo una promesa que resonó en el corazón del bosque:

"Enriscaré a cada hombre por cada lágrima caída de mi madre".

Sus palabras, llenas de una determinación feroz, sorprendió hasta a su madre, la cual temía que por un capítulo de venganzas al final se quedara sola.

Gara, mirando a su hijo con una mezcla de amor y temor, reaccionó instintivamente. Una cachetada resonó en el claro, un sonido que pareció sacudir las mismas raíces del bosque.

"¡Ni se te ocurra, Gaumet!" exclamó, su voz firme y llena de autoridad. "Esos son ecos del pasado, y no podemos permitirnos perder la oportunidad que tu padre nos dio. Nos quedaremos en este bosque, ocultos de los ojos de mi padre."

Gaumet, sorprendido por la firmeza de su madre, se tocó la mejilla aún ardiente por el impacto. Miró a Gara, buscando comprender la profundidad de sus palabras.

"Madre, ¿cómo podemos vivir con esta injusticia? ¿Acaso no le querías lo suficiente para...?"

Otra cachetada resonó en el bosque.

Gaumet perplejo veía la ira y el fuego en los ojos de su madre

"Tu, nunca, Gaumet, nunca buscaras esa venganza. De no ser por tu padre no quedaría ni rastro de nosotros, si tu desmereces su sacrificio y nos encuentran...yo...yo" decía Gara mientras su mirada empezaba a perderse en sus recuerdos.

El chico le agarro de los hombros sacándola de su ensimismamiento. "Perdona, mamá, no lo haré".

Gara le abraza tan fuerte que casi lo deja sin respiración, al soltarle le besa la frente. "Mamá y Tara siempre estarán aquí para protegerte.

Gara, aunque temerosa de este nuevo fuego en el corazón de su hijo, temía que este fuera el destino inevitable de un niño nacido del amor y la tragedia. A partir de ese día, comenzó a enseñarle las artes de la guerra, preparándolo para que se convirtiera en alguien capaz de defenderse si los encontraban. Cada lección estaba impregnada de amor y precaución, un delicado equilibrio entre proteger su vida y prepararlo para la lucha que se avecinaba.

7. Primer amor bajo el laurel

En la penumbra de una noche donde las estrellas tejían un manto de sueños sobre la isla, Gaumet, ya con dieciséis años, velaba por la seguridad de su madre. Con las ideas claras como su madre, y a veces impetuoso y burlón como su padre, había asumido la responsabilidad de las guardias nocturnas para permitir que su madre descansara. Ella, aunque agradecida, solía bromear sobre cómo la mimaba excesivamente.

Una de esas noches, mientras Gaumet afilaba lajas para entretenerse, una presencia inusual descendió del cielo. Era una mujer de belleza inigualable, blanca como las nubes y con ojos color miel, una visión que parecía más un sueño que una realidad. Era Tara, la misma que había acompañado a su madre cada noche que velaba por su hijo.

El joven Gaumet, que no recordaba haberla visto antes, quedó absolutamente cautivado por ella, su corazón latiendo con una fuerza desconocida. La presencia de Tara, etérea y envolvente, llenó la noche de un encanto misterioso.

"Saludos, joven Gaumet," dijo Tara con una voz que parecía una melodía. "He venido a ver cómo se encuentran, tú y tu valiente madre."

Gaumet, aún deslumbrado por su belleza, tardó un momento en responder.

"Estamos bien, una guardiana nos protege desde antes de que tuviera uso de razón," logró decir finalmente, con un tono de voz que reflejaba su admiración.

Tara sonrió, una sonrisa que iluminaba la oscuridad como un rayo de luna.

"Me alegra saberlo. Tu madre es una mujer fuerte, y veo que has heredado su coraje y su corazón noble," comentó, su mirada fija en el joven.

Gaumet sintió un orgullo inmenso al escuchar esas palabras. "Intento ser digno de ella," respondió mientras la miraba durmiendo, su voz cargada de respeto y amor por Gara.

Ella le miró cariñosa, y se sentó junto a él mirando hacia el pequeño lago.

"¿Estás bien? Estoy acostumbrada a verte dormir y que tu madre me cuente tus fechorías por el bosque, pero nunca imagine que eras alguien de tan pocas palabras".

Gaumet, sonrojado, estaba sintiendo algo que no había sentido antes, un sudor frio, el cuerpo entero le ardía, su corazón se le quería salir del pecho, ...

"Estoy bien, no sé quién eres, pero...me siento raro cuando estás aquí"

Tara tardó en darse cuenta de lo que estaba ocurriendo, cuando lo hizo estalló en una carcajada que casi despierta a la pobre Gara.

"Lo siento, Gaumet, no me esperaba esa respuesta de ti". Sonreía.

Al sonreír, si ya Gaumet sentía que le había robado toda respuesta de su cuerpo ahora además le había robado hasta el habla.

La noche se extendía sobre ellos, un manto de estrellas que parecían danzar al ritmo de sus emociones encontradas. Gaumet, aún confundido y abrumado por la presencia de Tara, buscaba en la oscuridad alguna respuesta a las sensaciones que lo invadían. Tara, por su parte, miraba al joven con una mezcla de diversión y ternura mientras charlaban. Ella conocía bien los efectos que la presencia de alguien especial podía tener en un corazón joven y libre.

"Gaumet, a veces el bosque nos trae sorpresas," dijo Tara, su voz suave como la brisa del atardecer. "Y algunas de esas sorpresas nos hacen sentir cosas nuevas, cosas que ni siquiera sabíamos que podíamos sentir".

El joven, mirando al lago, asintió lentamente, su mente todavía luchando por comprender lo que su corazón ya había aceptado. En ese momento de silencio compartido, una conexión invisible parecía formarse entre ellos, un lazo de entendimiento y quizás algo más.

Tara, levantándose, extendió su mano cogiendo la de Gaumet. Su roce y su tacto frio, pero suave hizo que un suspiro saliera de su pecho. Tara mirándolo con una sonrisa divertida le guía hacia el lecho

"Vamos, el amanecer no tardará en llegar, y tu madre no debe preocuparse". Su sonrisa era un rayo de luna, y Gaumet, aunque aún turbado, no pudo evitar sonreír a su vez.

Juntos, caminaron de regreso hacia el lugar donde Gara descansaba, el corazón de Gaumet latiendo al ritmo de un misterio recién descubierto. Tara lo ayudo a acostarse y besó su frente. Al hacerlo una fragancia melosa y fresca invadió su mente.

"Buenas noches, hermoso Gaumet". Al instante el muchacho quedó inmerso en el más dulce de sus sueños.

Las noches en el bosque, bajo la bóveda estrellada, se convirtieron en el momento favorito de Gaumet y Tara. Alejados de los ojos del mundo, se entregaban a conversaciones que fluían como arroyos en primavera, desbordantes de vida y posibilidades.

Una de esas noches, mientras el fuego crepitaba y las sombras danzaban a su alrededor, Gaumet compartió historias de su infancia, sus aventuras y desventuras, arrancando risas genuinas de Tara. Sus relatos estaban salpicados de humor y una inocencia perdida, que a Tara le recordaban tiempos más simples y felices.

"¿Sabes?" comenzó Tara, una sonrisa juguetona en sus labios, "nunca imaginé que encontraría tanta alegría en estas noches. Tus historias... hay algo en ellas que me hace olvidar las sombras que me rodean."

Gaumet, animado por sus palabras, se aventuró más allá. "Entonces, déjame mostrarte algo especial." Se levantó y extendió su mano hacia ella. Con una mezcla de curiosidad y confianza, Tara aceptó.

La guio a través del bosque, bajo la luz de las estrellas, hasta un claro donde un antiguo laurel se erguía majestuoso.

"Aquí," dijo Gaumet, "es donde me gusta venir a pensar, a soñar. Es un lugar mágico, ¿no lo sientes?"

Tara, mirando a su alrededor, sintió una paz que hacía tiempo no experimentaba. "Es hermoso," susurró. "Como sacado de un cuento"

"Espérame aquí" le dijo Gaumet, y salió despedido entre los arbustos.

Tara le esperaba sentada contra el tronco de aquel majestuoso árbol mirando hacia su frondosa copa. "Cierra los ojos" le dijo el joven. Ella le hizo caso y noto que algo le hacía en la cabeza. "ya puedes abrirlos"

Antes de ello sintió una fragancia dulce proveniente de ella misma, al abrir los ojos tenía sobre su cabeza una corona hecha de flores de follao.

Ella, sabiendo lo que eso podía significar, se quedó agradecida pero confusa de que hacer.

"Son tan blancas y huelen tan bien como tú"

Tara lo percibió como algo básico, pero pudo notar la profundidad de sus palabras para su edad. Al fin y al cabo, le gustaba su corona. Le sonrió y le dio las gracias haciéndole un gesto que le invitaba a sentarse con ella.

Se sentaron juntos bajo el laurel, compartiendo historias y secretos, riendo y disfrutando del momento presente. Tara, por un instante, se permitió ser simplemente una mujer, no una figura atrapada por una maldición, sino alguien libre de reír, soñar y sentir.

"¿Sabes que si prestas la suficiente atención puedes escuchar los susurros del bosque?" preguntó Gaumet, señalando hacia la profundidad de este. Comenzó a contarle historias que el mismo había inventado, cada historia un tapiz de héroes, dioses y criaturas místicas.

Tara escuchaba, fascinada, mientras cada vez el bosque estaba más en calma, como si la propia naturaleza se deleitara con las historias de Gaumet. En esos momentos, el mundo exterior, con sus conflictos y dolor, parecía desvanecerse, dejando solo a dos almas conectadas por la belleza del universo y la calidez de su compañía mutua.

Al final de la noche, cuando el primer rayo del amanecer comenzó a asomarse, Tara se levantó con renuencia. "Esta noche," dijo con una voz suave pero firme, "me has mostrado un mundo que creí perdido. Gracias, Gaumet, por estas horas de olvido y felicidad."

Gaumet, con una sonrisa melancólica, respondió: "No hay nada que agradecer, Tara. Estas noches son un regalo para mí también, un recuerdo de que, a pesar de las sombras, siempre hay lugar para la luz."

Se despidieron con un abrazo, un gesto simple pero cargado de significado. Tara regresó a su soledad, llevando consigo el eco de las risas compartidas, y Gaumet se quedó bajo el árbol, contemplando el amanecer, sabiendo que esas noches eran apenas un preludio de algo mucho más profundo y complejo.

Las noches y sus encuentros se fueron sucediendo, la tensión entre ellos era palpable, un hilo delicado tejido de deseo y prohibición.

"¿Por qué te aterra la idea de que te desee, Tara?" preguntó Gaumet, su voz cargada de un pensamiento de escuchar de sus labios lo contrario. "Siento que sabes lo que dice mi corazón, pero veo que algo te retiene."

Tara, con la luz de la luna reflejándose en sus ojos, respondió en un susurro: "No lo sé, Gaumet. Cada parte de mi ser lucha contra esto, pero cuando estoy contigo, todo lo demás pierde sentido."

"¿Que ansía tu corazón?" inquirió Gaumet, dando un paso hacia ella.

Tara dio un paso atrás, su mirada llena de una mezcla de miedo y deseo. "No podemos hacerlo, Gaumet. La maldición que llevo... no puedo permitir que te arrastre a mi oscuridad."

Gaumet, con una determinación que sorprendió incluso a él mismo, tomó las manos de Tara entre las suyas. "Entonces déjame ser tu luz en esa oscuridad. No me importa la maldición, Tara. Te amo por lo que eres, no por lo que el destino ha decidido por ti."

Tara, con lágrimas brillando en sus ojos, se acercó a Gaumet, sus manos aún en las suyas. "Eres un sueño, Gaumet, un hermoso sueño del que temo despertar. Incluso en tus palabras veo a mi tan ansiado amor. Pero incluso los sueños deben terminar."

"¿Y por qué no desafiar al destino?" propuso Gaumet, su voz llena de una esperanza desesperada. "¿Y si creamos nuestro propio camino, más allá de maldiciones y profecías?"

Tara, con un suspiro que parecía llevarse parte de su alma, se acercó y lo abrazó.

"Hablas igual que tu padre, pareces su imagen esculpida en él, me sentiría eternamente agradecida por estar con alguien a tu altura. Pero el precio... el precio podría ser demasiado alto."

Se separaron lentamente, sus miradas aún entrelazadas en un diálogo silencioso. En ese momento, ambos sabían que, a pesar de la profundidad de sus sentimientos, el camino que tenían por delante estaba lleno de sombras y espinas.

"Entonces, por ahora, seamos simplemente dos almas que se encontraron en la noche," dijo Gaumet, con una sonrisa triste. "Dos almas que compartieron un amor imposible, pero verdadero."

A Tara se le partía el corazón verlo así, pero eran ciertas sus palabras. Si tan solo Magec se enterara de todas las atenciones que le está brindando sería suficiente para enfurecerle.

"Tara..."dijo el mientras la abrazaba. "Aun así visítame todas las noches, no soportaría la idea de no volverte a ver".

Ella sonríe porque aún oye la inocencia del pequeño que vio crecer en sus palabras. "Claro, Gaumet".

Pensó que quizás no lo entendería, pero esa noche Tara le hizo soñar con lo que Magec le hizo a ella y a Achuhucanac. Con un poco de suerte entendería sus miedos.

8. Enfrentando al destino

El destino, caprichoso y a menudo cruel juega sus cartas. Esa misma mañana los traicioneros vientos del sur llevaron rumores de una mujer de blanca piel y ojos de miel manteniendo un idilio romántico con el hijo de Jonay a oídos del gran Magec.

Cansado de siempre ser rechazado, Magec sonrió.

"Esta vez vas a darte cuenta de una vez que si no eres mía no serás de nadie, dama blanca".

Magec, disfrazado de un sabio de tiempos antiguos, se presentó ante el Mencey Añaterve con noticias que harían temblar los cimientos de su reinado.

"Gran Mencey," comenzó Magec con una voz que resonaba como un eco de la historia, "vengo a advertirte de un peligro que acecha tu menceyato. Tu hija y tu nieto siguen con vida, al sur de aquí, una mujer de piel nívea les está ayudando para derrocar tu reinado."

Añaterve, escuchando las palabras del supuesto sabio, sintió un escalofrío recorrer su espina dorsal. La noticia era como un golpe directo a su linaje y su autoridad más aun ahora viejo y debilitado.

"¿Cómo puedes estar seguro de esto?" preguntó, su voz tensa con una mezcla de incredulidad y temor.

"Lo he visto con mis propios ojos," afirmó Magec, su mirada ardiente con una convicción falsa. "Ellos se reúnen en secreto, tramando y planeando. Si no se actúa pronto, tu reino caerá en manos de la traición."

Añaterve, movido por la preocupación y la necesidad de proteger su menceyato, convocó a sus consejeros y guerreros más leales.

"Debemos actuar," declaró con firmeza. "No permitiré que la sombra de la traición se cierna sobre nuestro pueblo. Buscaremos a esos traidores y pondremos fin a esta desgracia perpetua."

Pasados unos días, Gaumet, cuya conexión con el bosque había crecido con los años, percibió la intrusión mucho antes de que los soldados estuvieran cerca.

"Madre," susurró con urgencia, "debemos irnos. Algo se avecina."

Gara adormilada no entendía que le quería decir, ¿algo malo? ¿en el bosque de Tara? Ese momento de duda hizo que fuera demasiado tarde, los soldados ocuparon el bosque, Gara volvió a sentir una sensación dentro de su pecho que esperaba nunca más volver a sentir.

Los guardias estuvieron allí todo el día, dando vueltas, buscando indicios de vida...hasta que cayó la noche. Y con esa noche bajó un haz de luz de luna revelando así la identidad de Tara. Los soldados la reconocieron como uno de los confabuladores y la tomaron presa. Gaumet quiso ir tras ella, pero su madre se tiró encima de él inmovilizándolo.

La horda de guerreros sin perder tiempo, la llevaron a Agulo, donde sería juzgada como traidora.

El viaje a Agulo fue un silencioso y tenso recorrido bajo la luz de las estrellas. Tara, con una mezcla de dignidad y desafío, se mantenía erguida, su mirada fija en el camino adelante. A su llegada, fue llevada directamente ante el Mencey y el consejo, donde la acusación de traición pesaba sobre ella como una losa.

En la sala del juicio, con las antorchas arrojando sombras danzantes sobre las paredes, Tara se enfrentó a su acusador: el sabio, quien no era otro que Magec disfrazado. Al instante, con una claridad que solo viene con el conocimiento divino, Tara lo reconoció.

"¡Maldito seas, Magec!" exclamó con una voz que resonó en la sala. "Tú eres el confabulador, el arquitecto de esta farsa."

Magec, manteniendo su disfraz de sabiduría y calma, simplemente sonrió con desdén.

"Son palabras vacías de una traidora," replicó con frialdad.

Tara, dirigiéndose al Mencey, continuó:

"Sé sabio, Mencey. Este hombre no es quien dice ser. Todo esto es su obra. Yo soy inocente, al igual que Gaumet y Gara."

Pero el Mencey, cuyos ojos reflejaban conflicto y duda, no parecía convencido.

"El sabio nos condujo a ti, tal como dijo," dijo con voz grave. "¿Cómo podemos ignorar tal evidencia?"

El consejo murmuró en acuerdo. La situación de Tara se volvía cada vez más desesperada. No había pruebas que pudiera presentar, ninguna palabra que pudiera cambiar la corriente de sospechas y acusaciones que fluían hacia ella.

"Soy quien ilumina las noches de tu pueblo, sabio rey, la que vela por sus sueños y esperanzas, libérame" insistió Tara, su voz un faro de verdad en un mar de engaños.

El Mencey, tras un momento de silencio, tomó su decisión. "Serás retenida en la cueva al sur hasta atraer a mi hija y mi nieto, cuando los ajusticiemos a ellos, pagarás el precio de tu traición."

Tara fue llevada a aquel mismo agujero donde logró ayudar a escapar a Gara cuando era joven, que ironía... su destino colgando de un hilo tan fino como la tela de una araña. En su corazón, una mezcla de miedo y esperanza luchaba por predominar. Sabía que Gaumet y Gara estarían buscándola, pero también quería que eso no sucediera, pues si salían del bosque estarían perdidos.

Sentada en aquel suelo frío, abrazando sus rodillas, sentía la angustia aflorar en su pecho cuando sintió un ruido encima de su cabeza.

"Hola, ¿estás despierta?"-susurraba una voz femenina que no obtuvo respuesta. -"Creo que esta dormida".

"¿Como va a estar dormida?¡Salvaje! Déjame a mi"-Replicó otra voz-"Oye. Pssst. Tara. somos las harimaguadas, amigas de Gara, ¿puedes oírnos?"

Tara, por un momento sintió un rayo de esperanza. "Si, las oigo, ¿pueden sacarme de aquí?"

"No podemos, pero te traemos comida, agua y una piel para taparte"- le respondió.

Tara se incorpora y acepta el gesto de las chicas. "Gracias"

"Gara... ¿está bien?"

Tara asiente. "Están a buen resguardo, no te preocupes"

"¿Están? ¿quién está con ella? ¿No murió aquel chico en manos del mencey?"

Tara siente un resquemor con aquel recuerdo. "Se trata de su hijo, Gaumet, concebido de su amor por Jonay".

Las harimaguadas se miran entre ellas con la boca abierta. Tras un silencio más largo del que querían, Aregoma carraspea y habla.

"No prometemos nada, pero... te traeremos tanta agua y comida como podamos y si sabemos algo más te lo diremos".

Tara les agradece y se despide de las dos amigas, que pronto desaparecen del valle. Sonríe para sí misma, habiendo disfrutado este trocito de calma en medio de la tempestad.

Mientras tanto, en la oscuridad del bosque, Gaumet y Gara, decididos a encontrar a quien muchas veces les había salvado la vida, partían del bosque con la esperanza de encontrarla antes de que les encontraran a ellos.

La distancia no es mucha, pero avanzar con sigilo, y sin saber qué se encontrarían, hizo que el viaje fuera eterno. La oscuridad de la noche era tal que parecía palparse. El temor a una emboscada y que todo fuera en vano. Pero los hombres del mencey no preveían que saldrían tan rápido de su escondite, dejando a sus guardias apostados solo en la zona donde Tara estaba prisionera.

Gara, con su astucia característica, sugirió a Gaumet que Tara podría estar en esa misma cueva.

"Si está allí, conozco un camino secreto," dijo Gara. "Podríamos rescatarla y escapar rápidamente."

Gaumet, confiando en la sabiduría y conocimiento de su madre, asintió, y juntos se deslizaron sigilosamente hacia la cueva prisión.

Rápidamente divisaron a los hombres del mencey en el lugar. Gaumet le hace un gesto a su madre y se va hacia los árboles que están detrás de ellos. Ella le intenta retener, pero el chico, ya todo un hombrecito es rápido zafándose de sus manos. Gara, mientras, se acerca sigilosa a la cueva, encontró a Tara apartando las hojas de palma.

"Tara, rápido, dame la mano" susurró Gara, su voz apenas un hilo en la oscuridad.

Pero antes de que Tara pudiera responder, su expresión cambió a una de terror. "¡Huye, Gara! ¡Es una trampa!" gritó, su voz quebrada por la desesperación.

En ese instante, el sonido de guardias aproximándose a toda prisa llenó el aire, sus voces resonando con un eco amenazador. Gara, con el corazón en la garganta, se preparó para lo peor. Intento huir, pero le fallaron las piernas. Entonces, un silbido cortó el silencio de la noche, seguido por el sonido sordo de cuerpos cayendo al suelo.

Era Gaumet, escondido entre las sombras, su agilidad y astucia superando a los guardias uno tras otro. Con cada movimiento preciso, Gaumet demostraba no solo su habilidad en combate, sino también su determinación férrea para salvar a Tara. Su madre le había enseñado bien.

Los guardias, tomados por sorpresa, cayeron uno a uno, incapaces de localizar a su invisible atacante. En cuestión de minutos, Gaumet había neutralizado la amenaza, demostrando ser más astuto y letal de lo que nadie hubiera esperado.

Con los guardias fuera de combate, Gara y Gaumet trabajaron rápidamente para liberar a Tara.

"¿Cómo supiste que era una trampa?" preguntó Gara, mientras la sacaban.

Gaumet, con una sonrisa amarga, respondió: "No lo sabía. Pero no podíamos dejarla aquí. No puedo quedarme sin mi luz en la noche." Dijo mirando a Tara. A esta se le iluminó la cara con una sonrisa bobalicona.

Una vez liberada, Tara abrazó a ambos, las lágrimas de alivio y gratitud brillando en sus ojos.

"Pensé que era el fin," dijo con voz temblorosa. "Gracias por no abandonarme."

Con el peligro aún latente y sabiendo que debían moverse rápido, el trío se adentró en la oscuridad del bosque, buscando refugio y planeando su próximo movimiento.

A la mañana siguiente, los guardias informaron de lo sucedido en la noche. La furia de Magec, como una tormenta incontrolable, se desató en el momento en que supo del fracaso de los hombres del rey. La incompetencia del Mencey Añaterve y sus soldados había permitido que Tara, Gaumet y Gara se escabulleran una vez más, una afrenta que Magec no podía tolerar.

Con un rugido que parecía sacudir los mismos cimientos de la isla, Magec convocó al viento, un mensajero antiguo y poderoso.

"Lleva mi mensaje por toda la isla," ordenó con una voz que retumbaba como un trueno. "Diles que haré arder cada rincón de esta tierra si Gaumet no se presenta ante mí antes del amanecer."

El viento, obediente y veloz, se deslizó a través de los valles y sobre las cumbres, llevando el mensaje de Magec a cada aldea, cada cueva, cada rincón donde pudieran escucharlo. El miedo se propagó como un incendio, y la isla, que una vez fue un lugar de belleza y armonía, se sumergió en una oscura sombra de incertidumbre.

Mientras tanto, en la profundidad del bosque, Gaumet, Tara y Gara, ajenos a la ira de Magec, planificaban su próximo movimiento. Sabían que el Mencey y sus hombres seguirían buscándolos, pero no estaban preparados para el mensaje que el viento llevaba.

Cuando las palabras de Magec llegaron a sus oídos, traídas por susurros entre los árboles, Gaumet sintió una mezcla de ira y resolución.

"Magec ha ido demasiado lejos," dijo con una voz firme. "No puedo permitir que dañe a la isla y a su gente por mi causa."

Tara, con una mirada llena de preocupación, intervino: "Gaumet, no puedes enfrentarte a él solo. Es demasiado poderoso."

"Pero tampoco puedo quedarme de brazos cruzados," replicó Gaumet. "Debo encontrar una manera de detenerlo, de proteger lo que queda de nuestra tierra."

Tara, con una resolución que desafiaba su propia angustia, se posicionó junto a Gara.

"Me entregaré a Magec," declaró, su voz temblorosa pero firme. "Seré suya si con eso salvo la isla. Es un sacrificio que estoy dispuesta a hacer."

Gaumet, al escuchar las palabras de Tara, sintió una oleada de desesperación y celos.

"No," dijo con vehemencia, sus ojos brillando con una mezcla de ira y pasión. "No te dejaré hacer eso, Tara. Eres la mujer que amo, un día te pediré tu mano en el gran Cedro y no permitiré que te entregues a él."

Tara y Gara lo miraron, sorprendidas por la intensidad de su mirada. Su ira le condujo a formar aquellos ojos de tibicena, como su padre. Gaumet, con cada palabra, revelaba la profundidad de sus sentimientos, un amor que había crecido en silencio pero que ahora retumbaba como un trueno en su corazón.

"Si muero," continuó Gaumet, su mirada fija en Tara, "quiero que me sepulten en el lago del claro, para que cada noche, puedas alcanzarme con tu luz."

Gara, al escuchar las palabras de su hijo, sintió una desesperación abrumadora. La idea de perder a Jonay ya fue demasiado para su corazón, pero perder a su hijo... era más de lo que podía soportar.

"Gaumet, por favor," suplicó, su voz quebrada por el miedo y el dolor. "No me hagas pasar por esto otra vez."

Pero Gaumet, con una determinación nacida del amor más profundo, se mantuvo firme.

"No puedo quedarme de brazos cruzados mientras Tara se sacrifica por nosotros, madre. Tú también luchaste por quien amabas, hoy yo lucharé por ella, por la isla, por padre, por ti."

Tara, conmovida y aterrada a la vez, comprendió la magnitud del amor de Gaumet.

"Gaumet," dijo suavemente, acercándose a él, "aguerrido guerrero, hijo de los fuegos de Guayota y las aguas de Epina, tú me has demostrado más que nadie lo que significa sentirse amada. Bajo mi condición especial no tengo conocimiento del tiempo, siempre me mantengo con esta apariencia joven, eternamente. No lo hagas por mi...estoy condenada a servirle me guste o no...ya va siendo hora de dejar de ser egoísta por mi parte y enfrentarme a mi propia batalla."

Gaumet, sin embargo, ya había tomado su decisión. Miró al cielo y vio que aún había estrellas de sobra hasta llegar el alba, corrió hacia su cueva y preparó sus lanzas y su zurrón con lajas mientras Gara lloraba sobre el pecho de Tara recordando lo vivido antaño.

Antes de partir las miró fijamente.

"Madre, no estes triste, estoy luchando por lo que realmente quiero. No es como si tuviéramos opción, no llores por tener un hijo valiente."

Miró fijamente a Tara, por un momento pensó que podría ser la última vez que la viera, de hecho, a las dos... La piel clara y suave de Tara, sus ojos profundos como un océano y su fragancia siempre dulce... y su madre, siempre atenta, fue su mentora, y su amiga, y no puede estar más agradecido por tenerla.

Se acercó a ambas y les besó en las mejillas. Raudo, se fue montaña arriba con el viento a favor empujándolo hacia Magec y el mencey. Corriendo por los valles, como corren los barrancos con las lluvias de primavera.

Aún quedaba algo de tiempo hasta el alba cuando Gaumet llegó, su figura solitaria proyectando una sombra larga en el camino hacia el tagoror, el lugar sagrado de reunión. Magec y el Mencey Añaterve lo esperaban, sus figuras imponentes perfiladas contra el cielo matutino.

Al ver a Gaumet, y no a Tara, la ira de Magec se encendió como una llama voraz.

"¿Dónde está ella?" rugió, su voz una mezcla de furia y decepción. "¿Por qué viene este ser maldito en su lugar?"

Gaumet, con una calma que desmentía el tumulto de sus emociones, se enfrentó a Magec.

"He venido a retarte, Magec," declaró con voz firme. "A un duelo tradicional: luchada, esquive de piedras y lucha con lanza. Tengo mucho que perder, no me subestimes".

Magec, con una sonrisa burlona, aceptó el desafío, convencido de su superioridad y del destino inevitable de Gaumet.

"no juegas bien tus cartas, muchacho," dijo con desdén. "Al final, me dejarás el camino libre para apoderarme de Tara."

El Mencey, aunque inquieto por el desafío, sabía que no podía intervenir en un duelo tradicional. La lucha se llevaría a cabo según las antiguas costumbres, con el honor y el destino en juego y tratándose de alguien de su familia, él mismo sería el juez de la contienda.

Primero, la luchada. Aquel terrero se convirtió en el escenario de un duelo épico entre Gaumet y Magec. Donde Gaumet sorprendió a todos con su agilidad y fuerza. A pesar de la formidable presencia del celoso dios, Gaumet se movía con una destreza que hablaba de años de entrenamiento en el arte de la lucha canaria. El círculo sagrado albergaba a los dos combatientes, sus figuras tensas y concentradas bajo la atenta mirada del Mencey y los espectadores que se habían reunido.

Instantes antes de la pelea, Gara y Tara habían salido tras Gaumet, pero el muchacho al ser más rápido lo habían perdido de vista. No estaban lejos del poblado cuando una sombra emergió de los arbustos tapándoles la boca y atrayéndolas para sí. Una vez ocultas en la maleza, Gara se dio cuenta de que eran sus amigas de la infancia. Tras su cara de alegría, Chijeré le hizo un gesto de silencio y las guio hasta una zona apartada del poblado desde donde podrían ver el terrero con total claridad. Estaban un poco expuestas, pero nadie estaba reparando en lo que ocurría fuera de aquel combate de épica magnitud.

Gaumet y Magec se enfrentaron, sus manos buscando el agarre perfecto, sus ojos fijos en los del otro. El aire estaba cargado de expectación. Cada movimiento era un juego de fuerza y astucia, un baile peligroso en el que cada paso podía significar la victoria o la derrota.

Con un movimiento rápido, Gaumet logró agarrar a Magec, sus dedos encontrando un punto de apoyo. Tiró de él con toda su fuerza, su cuerpo tensándose como un arco. Magec, sorprendido por la destreza de Gaumet, tambaleó hacia atrás, luchando por mantener el equilibrio.

Los espectadores contenían la respiración, sus ojos siguiendo cada movimiento de los luchadores. Era un duelo de titanes, una batalla de voluntades donde cada uno demostraba ser un digno oponente del otro.

En un último esfuerzo, Gaumet dio un tirón más, su cuerpo y alma puestos en ese único movimiento. Magec, su figura imponente ahora desestabilizada, cayó hacia atrás. Pero en ese mismo instante, el pie de Gaumet resbaló, un giro inesperado del destino.

Ambos cayeron al suelo del terrero, sus cuerpos golpeando la tierra con un sonido sordo. Por un momento, todo quedó en silencio, el tiempo parecía detenerse. Luego, un murmullo creció entre la multitud, un sonido de asombro y respeto.

Gaumet y Magec se levantaron, sus miradas aún fijas el uno en el otro. Habían caído juntos, un empate que hablaba de la igualdad de su fuerza y habilidad. Gaumet, respirando con dificultad, miró a Magec, sabiendo que la lucha estaba lejos de terminar.

Gara no podía hablar, Tara y las chicas solo la consolaban, rezando porque Gaumet pudiera salir vivo de su enfrentamiento, y lista para sacrificarse si Magec intenta herirlo de gravedad.

Tras la intensidad de la luchada, llegó el momento del esquive de piedras, una prueba de agilidad y reflejos. Gaumet fija su mirada en el horizonte, el sol empieza despuntar. Magec, con la confianza de un dios, se posicionó primero, listo para demostrar su supremacía.

Las piedras, volaban hacia él con velocidad y precisión. Pero Magec, con movimientos casi sobrenaturales, lograba esquivar cada una.

Su figura se deslizaba por el espacio con una gracia y velocidad que dejaban a los espectadores boquiabiertos. No hubo una sola piedra que tocara su cuerpo; su éxito en el desafío parecía confirmar su divinidad.

Luego fue el turno de Gaumet. Respirando profundamente, se centró en la tarea que tenía por delante. Las primeras piedras volaron hacia él, y con una agilidad impresionante, Gaumet logró esquivar tres de ellas, sus movimientos un reflejo de su entrenamiento y su instinto.

Pero entonces, mientras la cuarta piedra se acercaba, una ráfaga de viento, apenas perceptible pero inusualmente oportuna, alteró su trayectoria. La piedra, dirigida por la mano invisible de Magec, golpeó a Gaumet en el costado con una fuerza brutal, rompiéndole las costillas con un sonido sordo y doloroso. Un grito de dolor escapó de los labios de Gaumet, mientras se doblaba por el impacto.

Antes de que pudiera recuperarse, otra piedra, igualmente desviada por el viento invocado por Magec, lo golpeó en el hombro, enviándolo al suelo. Gaumet yacía allí, luchando por respirar, su hombro y costado inundados de un dolor insoportable.

Los espectadores, que hasta ese momento habían observado con admiración, ahora murmuraban entre sí, algunos sospechando la intervención sobrenatural en el inesperado giro de los eventos. El Mencey frunció el ceño, percibiendo que algo no estaba bien, pero sin poder intervenir en el desafío según las antiguas tradiciones.

Gaumet, con el rostro pálido por el dolor, se levantó con dificultad, rehusándose a mostrar debilidad ante Magec. Aunque gravemente herido, su espíritu de lucha no se había apagado. Sabía que la siguiente y última prueba sería la más difícil, especialmente con su cuerpo lastimado.

Magec, observando con una sonrisa satisfecha, se preparó para el último desafío, confiado en su victoria. Pero aún quedaba la lucha con lanzas, y Gaumet no estaba dispuesto a rendirse.

La tensión en el terrero era palpable mientras se preparaban para el tercer y último combate. Sin embargo, antes de que pudiera comenzar, un revuelo en la multitud anunció una nueva complicación. Guardias del Mencey aparecieron, arrastrando a Tara y Gara hasta el círculo sagrado. Las harimaguadas detrás de ellos suplicando que las soltasen. La expresión de Magec se transformó instantáneamente, una sonrisa de alegría maliciosa iluminando su rostro al ver a Tara.

Gaumet, observando la escena, sintió un fuego ardiente de ira y determinación en su interior. Con un paso adelante, captó la atención de Magec.

"Estamos en un círculo sagrado," comenzó Gaumet, su voz fuerte y clara resonando en el terrero. "Como hombres, no podemos faltar a nuestra palabra. La palabra es lo que nos diferencia de los animales. ¿Acaso el gran Magec no tiene palabra?"

El desafío de Gaumet golpeó a Magec, cuya expresión cambió de triunfo a una mezcla de ira y cautela. La multitud observaba en silencio, consciente del peso de las palabras de Gaumet. Ante el mencey la palabra dada era sagrada, y romperla sería un acto de deshonra.

Magec, viendo que no era el momento adecuado, dirigió una mirada venenosa a Tara.

"Después de esto, me ocuparé de ti," amenazó con una voz que prometía venganza.

Sin embargo, sabiendo que los ojos de la isla estaban sobre él, se volvió hacia Gaumet, listo para continuar el duelo. Gaumet vuelve a mirar al horizonte, el sol ya casi asoma por completo. Se sonríe para sí y toma posición de combate.

La lucha con lanzas comenzó bajo una atmósfera cargada de tensión. Gaumet, a pesar de sus heridas, manejaba su lanza con una habilidad sorprendente, aunque a Tara y su madre les pareció extraños sus movimientos, siempre fue diestro con la lanza, aun herido se movía muy extraño. Magec, por su parte, luchaba con la furia de un dios desafiado, su lanza: un rayo en sus manos.

El combate era feroz, cada choque de lanzas un trueno que retumbaba en el terrero. Gaumet, con alguna artimaña en mente se enfrentaba al furioso dios con más maña que arte.

Tara y Gara, observando desde el borde del círculo, mantenían su esperanza viva, su fe puesta en Gaumet, quien luchaba no solo por su vida, sino por el destino de todos ellos.

Magec, aunque poderoso, comenzó a mostrar signos de frustración. No esperaba que Gaumet fuera un oponente tan diestro defendiéndose, no era capaz de tener una abertura.

La lucha se prolongó, cada momento aumentando la tensión entre los espectadores.

Hace unas semanas, en sus paseos nocturnos con Tara ella se agarró a sus fuertes brazos y le confesó que necesitaba que le protegiera si acudía al bosque, ya que estaba indefensa. Él le pregunto cómo puede ser eso si es la inmensidad de la luz de la Luna. Ella le respondió:

"Cuando los dioses nos materializamos en humanos, nuestro poder pierde fuerza mientras estamos en ese cuerpo, y si nuestro elemento está presente, aún más, porque fluye entre nuestro elemento y el cuerpo humano que ocupamos, al final poco podemos hacer sin nuestra forma real".

Gaumet se dio cuenta al instante del agarre en la luchada, no tiraba como un dios, tiraba como un humano, y tuvo que recurrir al viento para acertarle las piedras, solo tiene que aguantar un poco más para que se desespere. Aun así, Magec era formidable peleando y tampoco podía dormirse en los laureles. Gaumet estaba herido del hombro y no podía defender bien por ese lado, cosa que aprovechó Magec y tras repetir varios movimientos sobre ese mismo lado, el brazo de Gaumet cedió y clavó su lanza en su costado, justo cerca de su corazón.

Tara y Gara chillaron desconsoladas, sabiendo que el chico no tenía nada que hacer. Que desgracia... otra vez...

Magec se regodeaba con los espectadores, mientras Gaumet estaba con una rodilla en el suelo. Agarró la cabeza del chico quedando su cara a un palmo de la suya

"¿unas últimas palabras, muchacho?"

En ese instante, solo el silencio reinaba en el lugar, la imagen de Gaumet, arrodillado, con la lanza aun en mano, pero con su brazo debilitado.

"¿Me permite gran Magec dirigirme a mi madre?"

Aun seguían en la misma posición, Magec apartó su vista hacia Gara riéndose de su desgracia y en ese momento, su cara cambió. El sonido silbante de una lanza atravesó la garganta hasta la cabeza del dios. Solo pudo mirar de soslayo al muchacho que tuvo energía para asestar un último golpe con la lanza, era la abertura que estaba buscando.

"Que este golpe...sea la respuesta a tus profecías, el fin...de tu tiranía. Por cada lágrima...derramada, por el corazón...de mi madre, por Tara, por mi padre, por todos nosotros" le decía Gaumet mientras retorcía la lanza en su cabeza.

Con el cuerpo sin vida de Magec de rodillas, Gaumet vaciló con caer al suelo. Débil por los golpes y la lanza de Magec aun en su costado.

Antes de que pudiera levantarse, debilitado y herido por la batalla, Gara y Tara corrieron hacia él. Sus rostros, bañados en lágrimas, reflejaban una tormenta de emociones: preocupación por las heridas que marcaban el cuerpo de Gaumet y un alivio profundo, mezclado con una felicidad sombría por la venganza que había logrado.

Gara, con la rapidez de una madre cuyo hijo está en peligro, llegó primero. Se arrodilló junto a él, sus manos temblorosas buscando con cuidado las heridas.
"Gaumet, luz de mis días, sonrisa del alba, no me dejes sola..." suplicó, su voz quebrándose bajo el peso del miedo.

Tara, llegando a su lado, miró a Gaumet con ojos llenos de lágrimas y gratitud.

"Eres un temerario y un morrudo" dijo suavemente, su mano acariciando la cara de Gaumet. "Pero nos has salvado, mi fiel guerrero."

Gaumet, con una sonrisa débil pero llena de amor, miró a las dos mujeres que significaban todo para él.

"Lo hice por nosotros... por nuestro futuro," murmuró, su voz apenas un hilo mientras se ponía en pie.

En ese momento el mencey volvió a su ser, acusándolo

"Tu padre, vino aquí a traer la desgracia sobre mi familia, mi hija me abandona, y ahora tú, pequeño tibicena del Echeyde matas a un dios sobre mis tierras para deshonrarnos más aun".

Miró fijamente al mencey, caminó hacia el cómo pudo dejando atrás a su madre y Tara. Mientras se acercaba, le decía

"Anciano... No temo... a la muerte... ni a tus malditas... profecías..."-En ese momento el mencey se quedó petrificado como si estuviera viendo al fantasma de su padre venir a por él desde las profundidades del Echeyde-" todo lo que hago...es por ellas...y es...lo único...que importa..."

Sus palabras fueron estacas en el corazón de todos los presentes, pero sobre todo en el de su abuelo que no era capaz de apartar la mirada de él. Como si la muerte, caprichosa, hubiera mandado al propio Jonay a segar su alma.

Gaumet no lo pensó dos veces. Una vez ya encima suyo se abalanzó sobre el clavándole la lanza que aun sobresalía de su cuerpo y clavándosela más adentro de sí mismo.

En el momento fatídico en que la lanza se enterró en sus cuerpos, Gaumet y el Mencey Añaterve cayeron al suelo, inertes, sus cuerpos unidos por el acto final de un enfrentamiento que había cambiado el curso de la historia de la isla. La tragedia se cernió sobre el terrero, y un silencio doloroso se extendió entre la multitud.

En aquel instante de desgarradora tragedia, cuando Gaumet yacía convulsionando levemente sobre el cuerpo de su abuelo, Gara y Tara, movidas por un impulso visceral, corrieron hacia él. El terrero, que había sido testigo de valentía y sacrificio, ahora se convertía en escenario de un dolor inconsolable.

Gara, con la fuerza arrancada de lo más profundo de su ser, llegó primero. Sacó la lanza del costado de Gaumet y se arrojó junto a él. Sus manos temblorosas acariciando su rostro, como si tratara de despertarlo de un sueño profundo.

"Gaumet, mi vida...," gritó al cielo entre sollozos, su voz desgarrada por el tormento de una madre que ve a su hijo caer en la flor de la vida.

Gaumet en un último suspiro mira con un amor inconmensurable a su madre, unas gotas caen sobre su rostro. Mira a su amada y balbucea sonriendo "llueve..."

Tara, cuya alma se había entrelazado con la de Gaumet en un amor silencioso y profundo, de rodillas a su lado, su cuerpo sacudido por sollozos que emanaban del abismo de su corazón entendiendo el significado de lo que había dicho.

"No debía terminar así," lloraba, "no después de todo lo que hemos luchado, no después de todo lo que has sacrificado."

Las lágrimas de ambas mujeres se mezclaban con la sangre de Gaumet, una vez más aquel vacío creciente en su interior. La multitud que rodeaba el terrero permanecía en un silencio reverente, muchos con lágrimas corriendo por sus propias mejillas, compartiendo el duelo de dos almas rotas por la pérdida del héroe de la isla.

En ese momento, el viento pareció llevarse los lamentos y susurros de dolor, esparciendo la historia de Gaumet a través de la isla, convirtiéndolo en una leyenda, un mito forjado en el corazón y la memoria de su gente.

Las harimaguadas ayudaron a Tara y Gara a llevar el cuerpo de Gaumet al claro donde había crecido y vivido sus días más felices. Allí, en ese lugar lleno de recuerdos y de la esencia pura de Gaumet, Gara y Tara le lloraron durante semanas. La tristeza y el agotamiento las vencieron, y cayeron rendidas sobre su cuerpo, unidas en su dolor y su amor por él.

Fue en ese lugar sagrado, alimentado por las lágrimas de una madre y los baños de luz de luna, donde germinó la semilla de Gara y Jonay, una semilla de amor y esperanza. Con el tiempo, de esa semilla nació un árbol robusto y majestuoso, el primero de muchos que formarían el bosque que hoy se conoce con los nombres de quienes lo trajeron al mundo: el Garajonay, un lugar donde una historia de amor, sacrificio y valentía seguiría viva, susurrada por los alisios y acariciada por las nubes.

Así, la leyenda de Gara y Jonay se entrelazó con la naturaleza misma de la isla, un recordatorio eterno de que incluso en la mayor de las tragedias, puede nacer una nueva vida, un nuevo comienzo.

J.Barrios